记忆乡愁

[著] 朱自清 郁达夫 等

[编] 中央人民广播电台 中国乡村之声

人民日报出版社

每个人都有一段乡愁

目 录

乡思

月是故乡明（节选）/ 季羡林　12

故都的秋（节选）/ 郁达夫　14

故乡的雨 / 唐弢　17

乌篷船（节选）/ 周作人　18

故乡的榕树（节选）/ 黄河浪　20

海市（节选）/ 杨朔　22

原下的日子（节选）/ 陈忠实　26

海燕（节选）/ 郑振铎　28

丑石 / 贾平凹　30

想北平（节选）/ 老舍　34

老家 / 孙犁　36

夜晚 / 韩少功　41

故乡在远方（节选）/ 张抗抗　42

故乡的风采（节选）/ 冰心　44

乡情

家乡的味道 / 铁凝　50

老家的树 / 郭枫　54

乡关何处（节选） / 林少华　56

故乡 / 闻一多　60

乡愁 / 卞之琳　64

就是那一只蟋蟀 / 流沙河　66

乡愁 / 席慕蓉　70

乡愁 / 余光中　72

乡土情结（节选） / 柯灵　74

我是扬州人（节选） / 朱自清　76

故乡的比喻 / 高洪波　80

峨眉山上的白雪 / 郭沫若　82

老屋窗口（节选） / 余秋雨　84

故乡（节选） / 鲁迅　88

故乡行——重访巴彦岱（节选） / 王蒙　92

故乡行（节选） / 张贤亮　94

蓬莱仙境（节选） / 杨朔　96

初听乡音 / 高洪波　100

老家（节选） / 史铁生　102

乡俗

漫谈过年 / 冰心　108

北平年景（节选）/ 梁实秋　112

秦腔（节选）/ 贾平凹　116

我的秦腔记忆（节选）/ 陈忠实　120

我所生长的地方（节选）/ 沈从文　124

老北京的小胡同（节选）/ 萧乾　128

忆儿时（节选）/ 丰子恺　130

我的家乡 / 汪曾祺　134

灯祭（节选）/ 迟子建　138

故乡龙口：不在高原，在路上 / 张炜　142

故乡情 / 陆文夫　146

乡味

故乡的野菜 / 周作人　152

藕与莼菜 / 叶圣陶　156

故乡的食物（节选）/ 汪曾祺　158

落花生 / 许地山　162

花边饺 / 肖复兴　164

渐行渐远的滋味（节选）/ 李存葆　168

乡里旧闻·度春荒（节选）/ 孙犁　172

故乡的吃食（节选）/ 迟子建　174

乡思

❶ 月是故乡明（节选）／季羡林

　　每个人都有个故乡，人人的故乡都有个月亮。人人都爱自己故乡的月亮。事情大概就是这个样子。

　　但是，如果只有孤零零一个月亮，未免显得有点孤单。因此，在中国古诗文中，月亮总有什么东西当陪衬，最多的是山和水，什么"山高月小"，"三潭印月"等等，不可胜数。

　　我的故乡是在山东西北部大平原上。我小的时候，从来没有见过山，也不知山为何物。我曾幻想，山大概是一个圆而粗的柱子吧，顶天立地，好不威风。以后到了济南，才见到山，恍然大悟：原来山是这个样子呀！因此，我在故乡里望月，从来不同山联系。像苏东坡说的"月出于东山之上，徘徊于斗牛之间"，完全是我无法想象的。

　　至于水，我的故乡小村却大大地有。几个小苇坑占了小村一多半。在我这个小孩子眼中，虽不能像洞庭湖"八月湖水"那样有气派，但也颇有一点烟波浩渺之势。到了夏天，黄昏以后，我在坑边的场院里躺在地上，数天上的星星。有时候在古柳下面点起篝火，然后上树一摇，成群的知了飞落下来，比白天用嚼烂的麦粒去粘要容易得多。我天天晚上乐此不疲，天天盼望黄昏早早来临。

　　到了更晚的时候，我走到坑边，抬头看到晴空一轮明月，清光四溢，与水里的那个月亮相映成趣。我当时虽然还不懂什么叫诗兴,但也顾而乐之,心中油然有什么东西在萌动。有时候在坑边玩很久,才回家睡觉。在梦中见到两个月亮叠在一起。清光更加晶莹澄澈。第二天一早起来,到坑边苇子丛里去捡鸭子下的蛋,白地一闪光,手伸向水中,一摸就是一个蛋。此时更是乐不可支了。

我只在故乡待了六年,以后就离乡背井漂泊天涯。在济南住了十多年,在北京待过四年,又回到济南待了一年,然后在欧洲住了十一年,重又回到北京,到现在已经十多年了。在这期间,我曾到过世界上将近三十个国家,我看过许许多多的月亮。在风光旖旎的瑞士莱芒湖上,在平沙无垠的非洲大沙漠中,在碧波万顷的大海中,在巍峨雄奇的高山上,我都看到过月亮。这些月亮应该说都是美妙绝伦的,我都异常喜欢。但是,看到它们,我立刻就想到我故乡中那个苇坑上面和水中的那个小月亮。对比之下,无论如何我也感到,这些广阔世界的大月亮,万万比不上我那心爱的小月亮。不管我离开我的故乡多少万里,我的心立刻就飞来了。我的小月亮,我永远忘不掉你!

见月思乡,已经成为我经常的经历。思乡之病,说不上是苦是乐,其中有追忆,有惆怅,有留恋,有惋惜。流光如逝,时不再来。在微苦中实有甜美在。

月是故乡明,我什么时候能够再看到我故乡的月亮呀!我怅望南天,心飞向故里。

❷ 故都的秋（节选）/郁达夫

秋天，无论在什么地方的秋天，总是好的；可是啊，北国的秋，却特别地来得清，来得静，来得悲凉。我的不远千里，要从杭州赶上青岛，更要从青岛赶上北平来的理由，也不过想饱尝一尝这"秋"，这故都的秋味。

不逢北国之秋，已将近十余年了。在南方每年到了秋天，总要想起陶然亭的芦花，钓鱼台的柳影，西山的虫唱，玉泉的夜月，潭柘寺的钟声。在北平即使不出门去罢，就是在皇城人海之中，租人家一椽破屋来住着，早晨起来，泡一碗浓茶，向院子一坐，你也能看得到很高很高的碧绿的天色，听得到青天下驯鸽的飞声。从槐树叶底，朝东细数着一丝一丝漏下来的日光，或在破壁腰中，静对着像喇叭似的牵牛花（朝荣）的蓝朵，自然而然地也能够感觉到十分的秋意。说到了牵牛花，我以为以蓝色或白色者为佳，紫黑色次之，淡红色最下。最好，还要在牵牛花底，教长着几根疏疏落落的尖细且长的秋草，使作陪衬。

秋蝉的衰弱的残声，更是北国的特产；因为北平处处全长着树，屋子又低，所以无论在什么地方，都听得见它们的啼唱。在南方是非要上郊外或山上去才听得到的。这秋蝉的嘶叫，在北平可和蟋蟀耗子一样，简直像是家家户户都养在家里的家虫。

还有秋雨哩，北方的秋雨，也似乎比南方的下得奇，下得有味，下得更像样。

在灰沉沉的天底下，忽而来一阵凉风，便息列索落地下起

雨来了。一层雨过，云渐渐地卷向了西去，天又青了，太阳又露出脸来了；着着很厚的青布单衣或夹袄的都市闲人，咬着烟管，在雨后的斜桥影里，上桥头树底下去一立，遇见熟人，便会用了缓慢悠闲的声调，微叹着互答着地说：

"唉，天可真凉了——"（这了字念得很高，拖得很长。）

"可不是吗？一层秋雨一层凉了！"

北方人念阵字，总老像是层字，平平仄仄起来，这念错的歧韵，倒来得正好。

北方的果树，到秋来，也是一种奇景。第一是枣子树：屋角，墙头，茅房边上，灶房门口，它都会一株株地长大起来。像橄榄又像鸽蛋似的这枣子颗儿，在小椭圆形的细叶中间，显出淡绿微黄的颜色的时候，正是秋的全盛时期；等枣树叶落，枣子红完，西北风就要起来了，北方便是尘沙灰土的世界，只有这枣子、柿子、葡萄，成熟到八九分的七八月之交，是北国的清秋的佳日，是一年之中最好也没有的金色日子。

南国之秋，当然是也有它的特异的地方的，比如廿四桥的明月，钱塘江的秋潮，普陀山的凉雾，荔枝湾的残荷等等，可是色彩不浓，回味不永。比起北国的秋来，正像是黄酒之与白干，稀饭之与馍馍，鲈鱼之与大蟹，黄犬之与骆驼。

秋天，这北国的秋天，若留得住的话，我愿把寿命的三分之二折去，换得一个三分之一的零头。

可是这种事情只在上海才会有。少时留居家乡，当春雨像鹅毛般落着的时候，登楼眺望，远处的山色被一片烟雨笼住，村落恍惚，若有若无，雨中的原野新鲜而又幽静，使人不易忘怀！尤其可爱的是夜间。不知哪一年春天，我和两个同伴，摇着小船到十里外一个镇上看社戏，完场已是午夜，归途遇雨，船在河塘中缓缓前进，灯火暗到辨不出人面，船身擦着河岸新生的茅草，发出沙沙的声音。雨打乌篷，悠扬疾徐，如听音乐，如闻节拍，和着同伴们土著的歌谣，「河桥风雨夜推篷」，真够使人神往。

这几年投荒到都市，每值淫雨，听着滞涩枯燥的调子，回念故乡景色，觉得连雨声也变了。人事的变迁，更何待说呢！

❸ 故乡的雨 唐弢

江南的春天素称多雨,一落就是七八天。住在上海的人们,平日既感不到雨的需要,一旦下雨,天气是那么阴沉,谁也耐不住闷在狭小的家里,可是跑到外面,没有山,没有湖,也没有经雨的嫩绿的叶子,一切都不及晴天好,有时阔人的汽车从你身旁驰过,还得带一身泥污回来。

记得六七年前初来上海读书,校里的功课特别忙,往往自修到午夜,那年偏又多雨,淅淅沥沥,打窗飘瓦,常常扰乱我看书的情绪。我虽然不像岂明老人那样额其斋曰:『苦雨』,天天坐在里面嘘气,但也的确有点『深恶而痛绝之』的念头。

4 乌篷船（节选）/周作人

子荣君：

接到手书，知道你要到我的故乡去，叫我给你一点什么指导。老实说，我的故乡，真正觉得可怀恋的地方，并不是那里；但是因为在那里生长，住过十多年，究竟知道一点情形，所以写这一封信告诉你。

我所要告诉你的，并不是那里的风土人情，那是写不尽的，但是你到那里一看也就会明白的，不必啰唆地多讲。我要说的是一种很有趣的东西，这便是船。你在家乡平常总坐人力车、电车，或是汽车，但在我的故乡那里这些都没有，除了在城内或山上是用轿子以外，普通代步都是用船。船有两种，普通坐的都是"乌篷船"，白篷的大抵作航船用，坐夜航船到西陵去也有特别的风趣，但是你总不便坐，所以我就可以不说了。乌篷船大的为"四明瓦"，小的为脚划船，亦称小船。但是最适用的还是在这中间的"三道"，亦即三明瓦。篷是半圆形的，用竹片编成，中夹竹箬，上涂黑油，在两扇"定篷"之间放着一扇遮阳，也是半圆的，木作格子，嵌着一片片的小鱼鳞，径约一寸，颇有点透明，略似玻璃而坚韧耐用，这就称为明瓦。三明瓦者，谓其中舱有两

道,后舱有一道明瓦也。船尾用橹,大抵两支,船首有竹篙,用以定船。船头着眉目,状如老虎,但似在微笑,颇滑稽而不可怕,唯白篷船则无之。

你如坐船出去,可是不能像坐电车的那样性急,立刻盼望走到。倘若出城,走三四十里路,来回总要预备一天。你坐在船上,应该是游山的态度,看看四周物色,随处可见的山,岸旁的乌桕,河边的红蓼和白蘋,渔舍,各式各样的桥,困倦的时候睡在舱中拿出随笔来看,或者冲一碗清茶喝喝。倘若路上不平静,你往杭州去时可于下午开船,黄昏时候的景色正最好看,只可惜这一带地方的名字我都忘记了。夜间睡在舱中,听水声橹声,来往船只的招呼声,以及乡间的犬吠鸡鸣,也都很有意思。雇一只船到乡下去看庙戏,可以了解中国旧戏的真趣味,而且在船上行动自如,要看就看,要睡就睡,要喝酒就喝酒,我觉得也可以算是理想的行乐法。只可惜讲维新以来这些演剧与迎会都已禁止,中产阶级的低能人别在"布业会馆"等处建起"海式"的戏场来,请大家买票看上海的猫儿戏。这些地方你千万不要去。——你到我那故乡,恐怕没有一个人认得,我又因为在教书不能陪你去玩,坐夜船,谈闲天,实在抱歉而且惆怅。初寒,善自珍重,不尽。

十五年十一月十八日夜,于北京。

❺ 故乡的榕树(节选) / 黄河浪

我怀念从故乡的后山流下来，流过榕树旁的清澈的小溪，溪水中彩色的鹅卵石，到溪畔洗衣和汲水的少女，在水面嘎嘎嘎地追逐欢笑的鸭子；我怀念榕树下洁白的石桥，桥头兀立的刻字的石碑，桥栏杆上被人抚摸光滑了的小石狮子。那汩汩的溪水流走了我童年的岁月，那古老的石桥镌刻着我深深的记忆，记忆里的故事有榕树的叶子一样多……

站在桥头的两棵老榕树，一棵直立，枝叶茂盛；另一棵却长成奇异的S形，苍虬多筋的树干斜伸向溪中，我们称它为"驼背"。更特别的是它弯曲的这一段树心被烧空了，形成丈多长平方的凹槽，而它仍然顽强地活着，横过溪面，昂起头来，把浓密的枝叶伸向蓝天。

使人留恋的还有铺在榕树下的长长的石板条，夏日里，那是农人们的"宝座"和"凉床"。每当中午，亚热带强烈的阳光令屋内如焚、土地冒烟，唯有这两棵高大的榕树撑开遮天巨伞，抗拒迫人的酷热，洒落一地阴凉，让晒得黝黑的农人们踏着发烫的石板路到这里透一口气。傍晚，人们在一天辛劳后，躺在用溪水冲洗过的石板上，享受习习的晚风，漫无边际地讲三国、说水浒，从远近奇闻谈到农作物的长势和收成……高兴时，还有人拉起胡琴，用粗犷的喉咙唱几段充满原野风味的小曲，在苦涩的日子里寻一点短暂的安慰和满足。

我深深怀念在榕树下度过的愉快的夏夜。有人卷一条被单，睡在光滑的石板上；有人搬几块床板，一头搁着长凳，一头就搁在桥栏杆上，铺一张草席躺下。我喜欢跟大人们一起挤在那里睡，仰望头上黑黝黝的榕树的影子，在神秘而恬静的气氛中，用心灵与天上微笑的星星交流。

　　那样的日子不会回来了。我仿佛刚刚从一场梦中醒转，身上还留有榕树叶隙漏下的清凉；但我确实知道，这一觉已睡过了三十年，而人也已离乡千里万里了！故乡桥头苍老的榕树啊，也经历了多少风霜？听说那棵"驼背"，在一次台风猛烈的袭击中，挣扎着倒下去了，倒在山洪暴发的溪水里，倒在故乡亲爱的土地上，走完了自己生命的历程。幸好另一棵安然无恙，仍以它浓郁的绿叶荫庇着乡人。

　　"爸爸，爸爸，再给我做几个哨笛。"不知什么时候，小儿子也摘了一把榕树叶子，递到我面前，于是我又一叶一叶卷起来给他吹。那忽高忽低、时远时近的哨音，弥漫成一片浓浓的乡愁，笼罩在我的周围。故乡的亲切的榕树啊，我是在你绿荫的怀抱中长大的，如果你有知觉，会知道我在这遥远的异乡怀念着你吗？如果你有思想，你会像慈母一样，思念我这漂泊天涯的游子吗？

　　故乡的榕树呀……

❻ 海市（节选）/杨朔

我的故乡蓬莱是个偎山抱海的古城，城不大，风景却别致。特别是城北丹崖山峭壁上那座凌空欲飞的蓬莱阁，更有气势。你倚在阁上，一望那海天茫茫、空明澄碧的景色，真可以把你的五脏六腑都洗得干干净净。这还不足为奇，最奇的是海上偶然间出现的幻景，叫海市。小时候，我也曾见过一回。记得是春季，雾蒙天，我正在蓬莱阁后拾一种被潮水冲得溜光滚圆的玑珠，听见有人喊："出海市了。"只见海天相连处，原先的岛屿一时不知都藏到哪儿去了，海上劈面立起一片从来没见过的山峦，黑苍苍的，像水墨画一样。满山都是古松古柏；松柏稀疏的地方，隐隐露出一带渔村。山峦时时变化着，一会山头上幻出一座宝塔，一会山洼里又现出一座城市，市上游动着许多黑点，影影绰绰的，极像是来来往往的人马车辆。又过一会儿，山峦城市慢慢消下去，越来越淡，转眼间，天青海碧，什么都不见了，原先的岛屿又在海上重现出来。

这种奇景，古时候的文人墨客看到了，往往忍不住要高声咏叹。且看蓬莱阁

上那许多前人刻石的诗词,多半都是题的海市蜃楼,认为那就是古神话里流传的海上仙山。最著名的莫过于苏东坡的海市诗,开首几句写着:"东方云海空复空,群仙出没空明中,摇荡浮世生万象,岂有贝阙藏珠宫⋯⋯"可见海市是怎样的迷人了。 只可惜这种幻景轻易看不见。我在故乡长到十几岁,也只见过那么一回。故乡一别,雨雪风霜,转眼就是二十多年。今年夏天重新踏上那块滚烫烫的热土,爬到蓬莱阁上,真盼望海上能再出现那种缥缥缈缈的奇景。偏我来得不是时候。一般得春景天,雨后,刮东风,才有海市。于今正当盛夏,岂不是空想。可是啊,海市不出来,难道我们不能到海市经常出现的地方去寻寻看吗?也许能寻得见呢。

于是我便坐上船,一直往海天深处开去。好一片镜儿海。海水碧蓝碧蓝的,蓝得人心醉,我真想变成条鱼,钻进波浪里去。鱼也确实惬意。瞧那海面上露出一条大鱼的脊梁,像座小山,那鱼该有十几丈长吧?我正看得出神,眼前刺溜一声，水里飞出另一条鱼，展开翅膀，贴着水皮飞出去老远，又落下去。

我又惊又喜问道："鱼还会飞吗？"

船上掌舵的说："燕儿鱼呢，你看像不像燕子？烟雾天，有时会飞到船上来。"那人长得高大健壮，一看就知道是个航海的老手，什么风浪都经历过。他问我道："是到海上去看捕鱼的吗？"

我说："不是，是去寻海市。"

那舵手瞟我一眼说："海市还能寻得见吗？"

我笑着说："寻得见——你瞧，前面那不就是？"就朝远处一指，那儿透过淡淡的云雾，隐隐约约现出一带岛屿。

那舵手稳稳重重一笑说："可真是海市，你该上去逛逛才是呢。"

赶到船一靠近岛屿，我便跨上岸，走进海市里去。

果然不愧是"海上仙山"。这一带岛屿烟笼雾绕，一个衔着一个，简直是条锁链子，横在渤海湾里。渤海湾素来号称北京的门户，有这条长链子挂在门上，门就锁得又紧又牢。别以为海岛总是冷落荒凉的,这儿山上山下,高坡低洼,满眼葱绿苍翠,遍是柞树、槐树、杨树、松树,还有无数冬青、葡萄以及桃、杏、梨、苹果等多种果木花树。树叶透缝的地方,时常露出一带渔村,青堂瓦舍,就和我小时候在海市里望见的一模一样。先前海市里的景物只能远望,不能接近,现在你却可以走进渔民家去,跟渔民谈谈心。岛子上四通八达,到处是浓荫夹道的大路。顺着路慢慢走,你可以望见海一般碧绿的庄稼地里闪动着鲜艳的衣角。那是喜欢穿红挂绿的渔家妇女正在锄草。有一个青年妇女却不动手,鬓角上插着枝野花,立在槐树凉影里,倚着锄,在做什么呢?哦!原来是在听公社扩音器里播出的全国麦收的消息。

　　说起野花,也是海岛上的特色。春天有野迎春;夏天太阳一西斜,漫山漫坡是一片黄花,散发着一股清爽的香味。黄花丛里,有时会挺起一枝火焰般的野百合花。凉风一起,蟋蟀叫了,你就该闻见野菊花那股极浓极浓的药香。到冬天,草黄了,花也完了,天上却散下花来,于是满山就铺上一层耀眼的雪花。

❼ 原下的日子（节选）/ 陈忠实

村庄背靠的鹿原北坡，遍布原坡的大大小小的沟梁奇形怪状。

在一条阴沟里还是最后一坨尚未化释的残雪下，有三两株露头的绿色，淡淡的绿，嫩嫩的黄，那是茵陈，长高了就是蒿子，或卑称臭蒿子。嫩黄淡绿的茵陈，不在乎那坨既残又脏经年未化的雪，宣示了春天的气象。

桃花开了，原坡上和河川里，这儿那儿浮起一片一片粉红的似乎流动的云。杏花接着开了，那儿这儿又变幻出似走似住的粉白的云。泡桐花开了，无论大村小庄都被嚯然暴出的紫红的花帐笼罩起来了。洋槐花开的时候，首先闻到的是一种令人总也忍不住深呼吸的香味，原坡和河川铺天盖地的青蒙葱的麦子，把来自土地雪似的脂粉。小麦扬花时节，原坡和河川铺天盖地的青蒙葱的麦子，释放到整个乡村的田野和村庄，灌进庄稼院的围墙和窗户。椿树最诱人的香味，释放到整个乡村的田野和村庄，灌进庄稼院的围墙和窗户。椿树的花儿庞大的树冠和浓密的枝叶里，只能看到绣成一团一串的粉黄，毫不起眼，几乎没有任何观赏价值，然而香味却令人久久难以忘怀。中国槐大约是乡村树族中最晚开花的一家，时令已进入伏天，燥热难耐的热浪里，闻一缕中国槐花的香气，顿然会使焦躁的心绪沉静下来。从农历二月二龙抬头迎春花开伊始，直到大雪漫地，村庄、原坡和河川里的花儿便接连开放，各种奇异的香味便一波迭过一波，日不说那垫红的黄的紫的白的紫红的各色野草和野花，以及秋来整个原坡都覆盖着金黄的亮的野菊。

五月是最好的时月，这当然是指景致。整个河川和原坡都被麦子的深绿装扮起来，几乎看不到一块裸露的土地。一夜之间，那个人沉迷这的绿野变成满眼金黄，如同一只魔掌在翻手之瞬间创造出来神奇。一年里最红火最繁忙的麦收开始了，把从去年秋末以来的缓慢悠闲的乡村节奏骤然改变了。红苔是秋收的最后一料庄稼，通常是待头一场浓霜降至，苔叶变黑之后才开挖。常湿漉漉的新鲜泥土的坡睦里，排列着一行行刚刚出土的红艳艳的红苔，居然在这河川里最后卸常使我的心发生悸动。彼又人们称为弱柳的叶子，居然在这河川里最后卸下盛装，居然是最耐得霜冷的树。柳叶由绿变青，由青渐变浅黄，直到儿番浓霜击打，通身变成灿灿金黄，张扬在河堤上河湾里，或一片或一株，令人钦佩生命的顽强和生命的尊严。小雪从灰蒙蒙的天空飘下来时，我在乡间感觉不到严冬的来临，却咪到一缕圣洁的温柔，本能地仰起脸来，让雪片在脸颊上在鼻梁上在眼窝上在飘落，融化，周围是雾蔼迷茫的素净的田野。直到某一日大雪降至，原坡和河川都变成一抹银白的时候，我抑止不住某种神秘的诱惑，在黎明的浅淡光色里走出门去，在连一只兽蹄鸟爪的痕迹也难觅踪的雪野里，踏出一行脚印，听脚下的好雪发出铮铮铮的脆响。

我常常在上述这些情景里，由衷地咏叹，我原下的乡村。

8 海燕（节选） / 郑振铎

　　乌黑的一身羽毛，光滑漂亮，积伶积俐，加上一双剪刀似的尾巴，一对劲俊轻快的翅膀，凑成了那样可爱的活泼的一只小燕子。当春间二三月，轻微微地吹拂着，如毛的细雨无因地由天上洒落着，千条万条的柔柳，齐舒了它们的黄绿的眼，红的白的黄的花，绿的草，绿的树叶，皆如赶赴市集者似的奔聚而来，形成了烂熳无比的春天时，那些小燕子，那么伶俐可爱的小燕子，便也由南方飞来。加入了这个隽妙无比的春景的图画中，为春光平添了许多的生趣。还有一家家的快乐家庭，他们还特为我们的小燕子备了一个两个小巢，放在厅梁的最高处，假如这家有了一个匾额，那匾后便是小燕子最好的安巢之所。第一年，小燕子来住了，第二年，我们的小燕子，就是去年的一对，它们还要来住。

　　"燕子归来寻旧垒。"

　　还是去年的主，还是去年的宾，他们宾主间是如何的融融泄泄呀！偶然的有几家，小燕子却不来光顾，那便很使主人忧戚，他们邀召不到那么隽逸的嘉宾，每以为自己运命的蹇劣呢。

　　这便是我们故乡的小燕子，可爱的活泼的小燕子，曾使几多的孩子们欢呼着，注意着，沉醉着，曾使几多的农人们市民们忧戚着，或舒怀地指点着，且曾平添了几多的春色，几多的生趣于我们的春天的小燕子！

　　如今，离家是几千里！离国是几千里！托身于浮宅之上，奔驰于万顷海涛之间，不料却见着我们的小燕子。

这小燕子,便是我们故乡的那一对,两对吗?便是我们今春在故乡所见的那一对,两对吗?

见了它们,游子们能不引起了,至少是轻烟似的,一缕两缕的乡愁吗?

海水是皎洁无比的蔚蓝色,海波是平稳得如春晨的西湖一样,偶有微风,只吹起了绝细绝细的千万个翻翻的小皱纹,这更使照晒于初夏之太阳光之下的、金光灿烂的水面显得温秀可喜。

就在这时,我们的小燕子,二只,三只,四只,在海上出现了。它们仍是隽逸地从容地在海面上斜掠着,如在小湖面上一样;海水被它的似剪的尾与翼尖一打,也仍是连漾了好几圈圆晕。小小的燕子,浩莽的大海,飞着飞着,不会觉得倦吗?不会遇着暴风疾雨吗?我们真替它们担心呢!

小燕子却从容地憩着。它们展开了双翼,身子一落,落在海面上了,双翼如浮圈似的支持着体重,活是一只乌黑的小水禽,在随波上下地浮着,又安闲,又舒适。海是它们那么安好的家,我们真是想不到。

在故乡,我们还会想象得到我们的小燕子是这样的一个海上英雄吗?

海水仍是平贴无波,许多绝小绝小的海鱼,为我们的船所惊动,群向远处窜去;随了它们飞窜着,水面起了一条条的长痕,正如我们当孩子时之用瓦片打水漂在水面所划起的长痕。这小鱼是我们小燕子的粮食吗?

小燕子在海面上斜掠着,浮憩着。它们果是我们故乡的小燕子吗?

啊,乡愁呀,如轻烟似的乡愁呀!

❾ 丑石／贾平凹

我常常遗憾我家门前的那块丑石呢：它黑黝黝地卧在那里，牛似的模样；谁也不知道是什么时候留在这里的，谁也不去理会它。只是麦收时节，门前摊了麦子，奶奶总是要说：这块丑石，多碍地面哟，多时把它搬走吧。

于是，伯父家盖房，想以它垒山墙，但苦于它极不规则，没棱角儿，也没平面儿；用錾破开吧，又懒得花那么大气力，因为河滩并不甚远，随便去掮一块回来，哪一块也比它强。房盖起来，压铺台阶，伯父也没有看上它。有一年，来了一个石匠，为我家洗一台石磨，奶奶又说：用这块丑石吧，省得从远处搬动。石匠看了看，摇着头，嫌它石质太细，也不采用。

它不像汉白玉那样的细腻，可以凿下刻字雕花，也不像大青石那样的光滑，可以供来浣纱捶布；它静静地卧在那里，院边的槐荫没有庇覆它，花儿也不再在它身边生长。荒草便繁衍出来，枝蔓上下，慢慢地，竟锈上了绿苔、黑斑。我们这些做孩子的，也讨厌起它来，曾合伙要搬走它，但力气又不足；虽时时咒骂它，嫌弃它，也无可奈何，只好任它留在那里去了。

稍稍能安慰我们的，是在那石上有一个不大不小的坑凹儿，雨天就盛满了水。常常雨过三天了，地上已经干燥，那石凹里水儿还有，鸡儿便去那里渴饮。每每到了十五的夜晚，我们盼着满月出来，就爬到其上，翘望天边；奶奶总是要骂的，害怕我们摔下来。果然那一次就摔了下来，磕破了我的膝盖呢。

人都骂它是丑石，它真是丑得不能再丑的丑石了。

终有一日，村子里来了一个天文学家。他在我家门前路过，突然发现了这块石头，眼光立即就拉直了。他再没有走去，就住了下来；以后又来了好些人，说这是一块陨石，从天上落下来已经有二三百年了，是一件了不起的东西。不久便来了车，小心翼翼地将它运走了。

这使我们都很惊奇！这又怪又丑的石头，原来是天上的呢！它补过天,在天上发过热,闪过光,我们的先祖或许仰望过它,它给了他们光明,向往,憧憬;而它落下来了,在污土里,荒草里,一躺就是几百年了?

奶奶说:"真看不出!它那么不一般,却怎么连墙也垒不成,台阶也垒不成呢?"

"它是太丑了。"天文学家说。

"真的,是太丑了。"

"可这正是它的美!"天文学家说,"它是以丑为美的。"

"以丑为美?"

"是的,丑到极处,便是美到极处。正因为它不是一般的顽石,当然不能去做墙,做台阶,不能去雕刻,捶布。它不是做这些玩意儿的,所以常常就遭到一般世俗的讥讽。"

奶奶脸红了,我也脸红了。

我感到自己的可耻,也感到了丑石的伟大;我甚至怨恨它这么多年竟会默默地忍受着这一切,而我又立即深深地感到它那种不屈于误解、寂寞的生存的伟大。

33 乡思

❿ 想北平（节选）/老舍

如果让我写一本小说，以北平作背景，我不至于害怕，因为我可以捡着我知道的写，而躲开我所不知道的。让我单摆浮搁地讲一套北平，我没办法。北平的地方那么大，事情那么多，我知道的真的太少了，虽然我生在那里，一直到廿七岁才离开。以名胜说，我没到过陶然亭，这多可笑！以此类推，我所知道的那点只是"我的北平"，而我的北平大概等于牛的一毛。

可是，我真爱北平。这个爱几乎是要说而说不出的。我爱我的母亲。怎样爱？我说不出。在我想做一件讨她老人家喜欢的事情的时候，我独自微微地笑着；在我想到她的健康而不放心的时候，我欲落泪。言语是不够表现我的心情的，只有独自微笑或落泪才足以把内心揭露在外面一些来。我之爱北平也近乎这个。夸奖这个古城的某一点是容易的，可是那就把北平看得太小了。我所爱的北平不是枝枝节节的一些什么，而是整个儿与我的心灵相黏合的一段历史，一大块地方，多少风景名胜，从雨后什刹海的蜻蜓一直到我梦里的玉泉山的塔影，都积凑到一块，每一小的事件中有个我，我的每一思念中有个北平，这只有说不出而已。

北平的好处不在处处设备得完全，而在它处处有空儿，可以使人自由地喘气；不在有好些美丽的建筑，而在建筑的四围都有空闲的地方，使它们成为美景。每一个城楼，每一个牌楼，都可以从老远就看见。况且在街上还可以看见北山与西山呢!

好学的,爱古物的,人们自然喜欢北平,因为这里书多古物多。我不好学,也没钱买古物。对于物质上,我却喜爱北平的花多菜多果子多。花草是种费钱的玩意儿,可是此地的"草花儿"很便宜,而且家家有院子,可以花不多的钱而种一院子花,即使算不了什么,可是到底可爱呀。墙上的牵牛,墙根的靠山竹与草茉莉,是多么省钱省事而也足以招来蝴蝶呀!至于青菜,白菜,扁豆,毛豆角,黄瓜,菠菜等等,大多数是直接由城外担来而送到家门口的。雨后,韭菜叶上还往往带着雨时溅起的泥点。青菜摊上的红红绿绿几乎有诗似的美丽。果子有不少是由西山与北山来的,西山的沙果,海棠,北山的黑枣,柿子,进了城还带着一层白霜儿呀!哼,美国的橘子包着纸;遇到北平的带霜儿的玉李,还不愧杀!

是的,北平是个都城,而能有好多自己产生的花,菜,水果,这就使人更接近了自然。从它里面说,它没有像伦敦的那些成天冒烟的工厂;从外面说,它紧连着园林,菜圃与农村。采菊东篱下,在这里,确是可以悠然见南山的;大概把"南"字变个"西"或"北",也没有多少了不得的吧。像我这样一个贫寒的人,或者只有在北平能享受一点清福了。好,不再说了吧;要落泪了,真想念北平呀!

⑪ 老家／孙犁

前几年，我曾诌过两句旧诗："梦中每迷还乡路，愈知晚途念桑梓。"最近几天，又接连做这样的梦：要回家，总是不自由；请假不准，或是路途遥远。有时决心起程，单人独行，又总是在日已西斜时，迷失路途，忘记要经过的村庄的名字，无法打听。或者是遇见雨水，道路泥泞；而所穿鞋子又不利于行路，有时鞋太大，有时鞋太小，有时倒穿着，有时横穿着，有时系以绳索。种种困扰，非弄到急醒了不可。

也好，醒了也就不再着急，我还是躺在原来的地方，原来的床上，舒一口气，翻一个身。

其实，"文化大革命"以后，我已经回过两次老家，这些年就再也没有回去过，也不想再回去了。一是，家里已经没有亲人，回去连给我做饭的人也没有了。二是，村中和我认识的老年人，越来越少，中年以下，都不认识，见面只能寒暄几句，没有什么意思。

　　前两次回去：一次是陪伴一位正在相爱的女人，一次是在和这位女人不睦之后。第一次，我们在村庄的周围走了走，在田头路边坐了坐。蘑菇也采过，柴禾也拾过。第二次，我一个人，看见亲人丘陇，故园荒废，触景生情，心绪很坏，不久就回来了。

　　现在，梦中思念故乡的情绪，又如此浓烈，究竟是什么道理呢？实在说不清楚。

　　我是从十二岁离开故乡的。但有时出来，有时回去，老家还是我固定的窠巢，游子的归宿。中年以后，则在外之日多，居家之日少，且经战乱，行居无定。及至晚年，不管怎样说和如何想，回老家去住，是不可能的了。

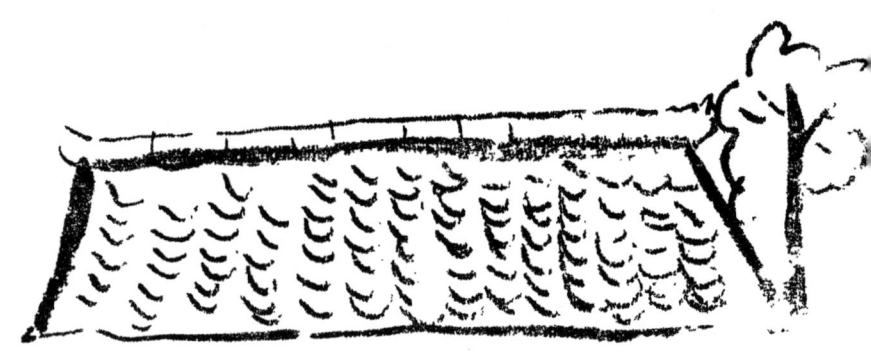

是的,从我这一辈起,我这一家人,就要流落异乡了。

人对故乡,感情是难以割断的,而且会越来越萦绕在意识的深处,形成不断的梦境。

那里的河流,确已经干了,但风沙还是熟悉的;屋顶上的炊烟不见了,灶下做饭的人,也早已不在。老屋顶上长着很高的草,破漏不堪;村人故旧,都指点着说:"这一家人,都到外面去了,不再回来了。"

我越来越思念我的故乡,也越来越尊重我的故乡。前不久,我写信给一位青年作家说:"写文章得罪人,是免不了的。但我甚不愿因为写文章,得罪乡里。遇有此等情节,一定请你提醒我注意!"

最近有朋友到我们村里去了一趟，给我几间老屋，拍了一张照片，在村支书家里，吃了一顿饺子。关于老屋，支书对他说："前几年，我去信问他，他回信说：也不拆，也不卖，听其自然，倒了再说。看来，他对这几间破房，还是有感情的。"

朋友告诉我：现在村里，新房林立；村外，果木成林。我那几间破房，留在那里，实在太不调和了。

我解嘲似的说："那总是一个标志，证明我曾是村中的一户。人们路过那里，看到那破房，就会想起我，念叨我。不然，就真的会把我忘记了。"

但是，新的正在突起，旧的终归要消失。

夜晚 / 韩少功

月亮是别在乡村的一枚徽章。

城里人能够看到什么月亮？即使偶尔看到远远天空上一丸灰白，但暗淡于无数路灯之中，磨损于各种噪音之中，稍纵即逝在丛林般的水泥高楼之间，不过像死鱼眼睛一只，丢弃在五光十色的垃圾里。

由此可知，城里人不得不使用公历，即记录太阳之历；乡下人不得不使用阴历，即记录月亮之历。哪怕是最新潮的农村青年，骑上了摩托用上了手机，脱口而出还是冬月初一腊月十五之类的记时之法，同他们抓泥捧土的父辈差不多。原因不在于别的什么——他们即使全部生活都现代化了，只要他们还身在乡村，月光就还是他们生活的重要一部分。禾苗上飘摇的月光，溪流上跳动的月光，树林剪影里随着你前行而同步轻移的月光，还有月光牵动着的虫鸣和蛙鸣，无时不在他们心头烙下时间感觉。

相比之下，城里人是没有月光的人，因此几乎没有真正的夜晚，已经把夜晚做成了黑暗的白天，只有无眠白天与有眠白天的交替，工作白天和睡觉白天的交替。我就是在三十多年的漫长白天之后来到了一个真正的夜晚，看月亮从树荫里筛下的满地光斑，明灭闪烁，聚散相续；听月光在树林里叮叮当当地飘落，在草坡上和湖面上哗啦哗啦地拥挤。我熬过了漫长而严重的缺月症，因此把家里的凉台设计得特别大，像一只巨大的托盘，把一片片月光贪婪地收揽和积蓄，然后供我有一下没一下地扑打着蒲扇，躺在竹床上随着光浪浮游。就像我有一本书里说过的，我伸出双手，看见每一道静脉里月光的流动。

盛夏之夜，只要太阳一落山，山里的暑气就消退，辽阔水面上和茂密山林里送来的一阵阵阴凉，有时能逼得人们添衣加袜，甚至要把毯子裹在身上取暖。童年里的北斗星就在这时候出现，妈妈或奶奶讲述的牛郎星织女星也在这时候出现，银河系星繁如云星密如雾，无限深广的宇宙和无穷天体的奥秘哗啦啦垮塌下来，把我黑咕隆咚地一口完全吞下。我是躺在一个凉台上吗？我已经身在何处？也许我是一个无依无靠的太空人在失重地翻腾和飘浮？也许我是一个无知无识的婴儿在荒漠里孤单地迷路？

山谷里有一声长叫，大概是一只鸟被月光惊飞了。

故乡在远方（节选）/ 张抗抗

我总觉得自己是一个流浪者。

几十年来，我漂泊不定、浪迹天涯。我走过田野、穿过城市，我到过许多许多地方。

我从哪里来？哪儿是我的故园我的家乡？

我不知道。

19 岁那年我离开了杭州城。水光潋滟、山色空蒙的西子湖畔是我的出生地。离杭州 100 里水路的江南小镇洛舍是我的外婆家。

而外婆早已过世了。外婆走时就带走了故乡。其实外婆外公也不是地道的浙江人氏。听说外婆的祖上是江苏丹阳人，不知何年移来德清洛舍；又听说洛舍其名是早年此地曾有一支移民来自洛阳，洛阳人之舍，谓之洛舍。由此看来，外婆外公的祖籍也难以考证，我魂牵梦系的江南小镇，又何为我的故乡？

所以对于我从小出生长大的杭州城，便有了一种隐隐的隔膜和猜疑。自然，我喜欢西湖的柔和淡泊，喜欢植物园的绿草地和春天时香得醉人的含笑花，喜欢冬天时满山的翠竹和苍郁的香樟树……但它们只是我摇篮上的饰带和点缀，我欣赏它们赞美它们但它们不属于我。每次我回杭州探望父母，在嘈杂喧闹的街巷里，自己身上那种从遥远的异地带来的"生人味"，总使我觉得同这里的温馨和湿润格格不入……

我究竟来自何方？

更多的时候，我会凝神默想着那遥远的冰雪之地。想起笼罩在雾霭中的幽蓝色的小兴安岭群山。踏着没膝深的雪地进山去，灌木林里尚未封冻的山泉一路叮咚欢歌，偶有暖泉顺坡溢流，便把低洼地的塔头墩子水晶一般封存，可窥见冰层下碧玉般的青草。山里无风的日子，静谧的柞树林中轻轻慢慢地飘着小清雪，落在头巾上，不化，一会儿就亮晶晶地披了一肩，是雪女王送你的礼物。若闭上眼睛，能听见雪花亲吻着树叶的声音。那是我 21 岁的生命中，第一次发现原来落雪有声，如桑蚕啜叶，婴童吮乳，声声有情。

我 19 岁便离开了我的出生地杭州城，走向遥远而寒冷的北大荒。

那时我曾日夜思念我的西湖，我的故园在温暖的南方。

但现在我知道，我已没有了故乡。我们总是在走，一边走一边播撒着全世界都能生长的种子。我们随遇而安、落地生根；既来则定、四海为家。我们像一群新时代的游牧民族，一群永无归宿的流浪移民。也许我走过了太多的地方，我已有了太多的第二故乡。

然而在城市闷热窒息的夏日里，我们仍时时想起北方的原野，那融进了我们青春血汗的土地。那里的一切粗犷而质朴。20 年的日月就把我这样一个纤弱的江南女子，磨砺得柔韧而坚实起来。以后的日子，我也许还会继续流浪，在这极大又极小的世界上，寻觅着、创造着自己精神的家园。

14 故乡的风采(节选) / 冰心

对于我,故乡的"绿",最使我倾倒!无论是竹子也好,榕树也好……其实最伟大的还是榕树。它是油绿油绿的,在巨大的树干之外,它的繁枝,一垂到地上,就入土生根。走到一棵大榕树下,就像进入一片凉爽的丛林,怪不得人称福州为榕城,而我的二堂姐的名字,也叫作"婉榕"。

现在我要写的是:"天下之最"的福州的健美的农妇!我在从闽江桥上坐轿子进城的途中,向外看时惊喜地发现满街上来来往往的尽是些健美的农妇!她们皮肤白皙,乌黑的头发上插着上左右三条刀刃般雪亮的银簪子,穿着青色的衣裤,赤着脚,袖口和裤腿都挽了起来,肩上挑的是菜筐、水桶以及各种各色可以用肩膀挑起来的东西,健步如飞,充分挥洒出解放了的妇女的气派!这和我在山东看到的小脚女人跪在田地里做活的光景,心理上的苦乐有天壤之别。我的心底涌出了一种说不出来的痛快!在以后的几十年中,我也见到了日本、美国、

英国、法国和苏联的农村妇女,觉得天下没有一个国家的农村妇女,能和我故乡的"三条簪"相比,在俊俏上,在勇健上,在打扮上,都差得太远了!

我也不要光谈故乡的妇女,还有几位长者,是我祖父的朋友,在国内也是名人:第一位是严复老先生,就是他把我的十七岁的父亲带到他任教的天津水师学堂去的。我在父亲的书桌上看到了严老先生译的英国名家斯宾塞写的《群学肆言》和穆勒写的《群已权界论》等等。这些社会科学的名著,我当然看不懂,但我知道这都是风靡一时的新书,在社会科学界评价很高。

在祖父的书桌上,我还看到一本线装的林纾译的《茶花女遗事》。那是一本小说,林纾老先生不懂外文,都是别人口述,由他笔译的。我非常喜欢他的文章,只要书店里有林译小说,我都去买来看。他的译文十分传神,以后我自己能读懂英文原著时,如《汤姆叔叔的小屋》,林译作《黑奴吁天录》,我觉得原文就不如译本深刻。

此外还有林则徐老先生,他的丰功伟业,如毅然火烧英商运来的鸦片,以及贬谪后到了伊犁,为吐鲁番农民掘"坎儿井"的事,几乎家弦户诵不必多说了。我却记得我福州家里有他写的一副对联:

海纳百川有容乃大
壁立千仞无欲则刚

比他们年轻的一代,如在黄花岗七十二烈士碑上,我找到已知是福建人的有三位:方声洞,林觉民,陈可钧,而陈可钧还得叫我表姑呢。

一提起我的父母之乡,我的思绪就纷至沓来,不知从哪里说起,我的客人又多,这篇文章不知中断了几次,就此搁笔吧。在此我敬祝我的人杰地灵的父母之乡,永远像现在这样地繁荣富强下去!

47 乡思

乡情

⑮ 家乡的味道 / 铁凝

小时候只知道待在家乡有一种特别的感觉,她总能使不成样的哭脸变成一副可爱的笑脸;她总能使一颗跳动不安的心渐渐地平静下来。家乡有一种神秘的色彩,而那时的我对她的了解仿佛披上了一层面纱——朦胧而清淡。

对于一个追逐世俗的人来说,家乡只是一块不值钱的土地。她没有城市的一小块地那么值钱,但对于我,家乡则是一块藏着金矿的沃土。她让我懂得一个人的价值,生命的真正内涵。

最喜欢在春天时躺在翠绿的草地上,那里充满着草的芬芳。那是家乡的体味,让我留念与陶醉。在这时到处都是放牲口的孩子,看他们的表情,准是被这芬芳给乐坏了。这让我想起许多草的珍贵。如薰衣草可用来装饰,车前草可以做药,这些草早已被药农视为掌上明珠。

虽然家乡的草没有沁人心脾的香味也无他用之处，但那种淡淡的香使你觉得仿佛与自然融为一体了。所以每当春天时我都要在草的怀里躺一会儿——那是一种享受。

蔚蓝色是我最喜欢的颜色。它有水一样的清澈却不乏色彩之美，没有红那样让人眼花缭乱，它是一种饱览沧桑的色彩。当你睁大眼睛注视着它时，你会感到一种伟大并几分崇敬之情溶于你的血液。所以每当仰望家乡的天空时，这种激情燃烧了我。在每个人的一生都有几件或许多件事让其充满激情。如未上学的你对书本的渴望，青春期的你对异性的渴求，青年的你对理想的追逐等这些曾让你付出许多精力与时间，但当激情之后又是怎样的生活。就像老年人一样，渐渐被时间磨去了壮志的棱角，没有了太多的激情，只有回忆已去的往事。我正年轻，喜欢家乡那种激情，我不想看到我将

激情丢失时是怎样的痛苦,所以我加倍地努力,去捕捉时间的馈赠。

时间可以使一棵小树长成参天大树。瞧,东边的小树已蔚然成林了,还不时有燕雀的叫声,这给家乡添了一些生气。那翠绿的树叶尽情地欢唱,引起我无尽的遐想。我想几十年之后家乡便笼罩在一片翠绿之中了。我们又能歌颂大自然的美,领略大自然的风光了。那时人们就真的会去珍惜这些,而不去做违背自然的丑事了。

微风唤醒了沉睡的种子。往日的喧哗也已经被宁静所代替。每次进入树林都是令人回味无穷的感觉。鸟语花香的日子赶快回来吧。

故乡哺育了我,故乡的变迁牵着我的心。愿故乡慢慢地沉睡在寂静的夜空下,不要被时间所吞噬。

⑯ 老家的树 / 郭枫

又是盛夏了,暖气渐渐浓了,不知杭州老家的那几棵小树怎样了?大概已经壮硕得足以为人们遮蔽夏日的酷暑了吧!

那是尘封已久的往事。还在上小学的我,对任何新事物都感兴趣,更喜欢冒险,尤其随着年龄的增长,喜欢翻过学校的高墙,爬上参天的大树,或许是亲近自然的天性使然。我尤其喜欢贴近那葱葱郁郁的古树,感受它的绿意,它的木香。抚摸着粗壮的树干,褶皱的树纹,仿佛触摸着一份古老,一份历史的凝结。一天,回到家里,看到几株微有绿芽的娇嫩的小树苗,一份欣喜涌上心头。便欢喜地和父母将树苗栽种在门前屋后,并精心给每一棵幼苗浇灌甘甜的井水,又做了小小的围栏保护起来,防止外界的伤害。

我开始天天盼着小树苗快快长大,经过精心呵护、细致照料,终于有了收获。小树苗都抽出了新芽,绿满了枝头,我高兴极了。有一天,我放学回家,看到几棵残枝落在地上,似乎在控诉着行人的残暴。我只觉一股怒气直冲脑门,气得哭了。哭了一会儿,我找来了布

条,细细地为小树包扎伤口,将布条缠在折断处。

小树苗终于渐渐长大了,有我两个高了。夏日,我在树荫下纳凉、读小说,思索着未来的路;冬日,我在树旁练拳舞剑;春日,小树开满了白色的花朵,飘着淡淡的清香;秋日,小树枝条上结满了累累果实……有一次,我和爸爸、妈妈,还有哥哥一起在树旁拍了许多照片。

一天,家中突然多出了好些人,忙忙碌碌地搬着东西,走来走去。搬家了,要搬到父亲工作的哈尔滨市去了。我问妈:"树怎么办?"妈妈说:"我们去住楼,没有地方栽呀!"

我的心很难过,默默地走到树前,轻轻地拍着它壮硕的躯干,跟它告别,对它说:"我会回来看你的!"

家已经搬到哈尔滨好几年了,我也已经长大,并考上了大学,可对树的依恋却依然未改。虽然远离老家,可依然怀着十分的眷恋,怀念老家,怀念老家院子里的那几棵树。

❶ 乡关何处(节选)/林少华

  乡下的大弟打来电话,告诉我老屋卖了,一万元卖给了采石厂。我不由得把听筒从耳朵移开,愣愣看听筒看了许久,好像听筒是弟弟或老屋。我能说什么呢?

  其实,若非我一再劝阻,老屋早就卖了。我不可能回去居住,这是明摆着的事,坐待升值良机更谈不上。我所以横竖不让弟弟脱手,是因为老屋既是老屋又不是老屋。

  老屋是我上小学三年级时爷爷一块石头一把泥砌起来的,坐落在三面环山的小山沟的西山坡上。房前屋后和山坡空地被爷爷左一棵右一棵栽了杏树、李树、海棠树和山楂树。春天花开的时候,粉红的杏花,雪白的李花,白里透红的海棠花,成团成片,蒸蒸腾腾,把老屋里三层外三层围拢起来,从远处只能望见羊角辫似的一角草拧的房脊。那时我已约略懂得杏花春雨的诗情画意了,放学回来路上一瞧见那片花坞心里就一阵欢喜。奶

奶呢？奶奶多少有点半身不遂，走路一条腿抬不利索，自己鼓鼓捣捣在前后篱笆根下种了黄瓜、葫芦瓜、牵牛花。很快，黄瓜花开了，嫩黄嫩黄的，花下长满小刺刺的黄瓜纽害羞似的躲躲闪闪。离院子不远，有一棵歪脖子柳树，树下有一口井，无数鞭梢一般下垂的枝条一直垂到井口。盛夏，我和弟弟常把黄瓜和西瓜扔进井里，过一两个时辰再捞出来分享，凉瓦瓦的，一直凉到脑门。山坡稍往上一点就是柞树林和松树林了，秋天钻进去摘"山里红"的小果果，采蘑菇，捉蝈蝈……

小山沟很多年月里没电，冬天有时回家晚了，远远望见老屋那如豆的灯光，我就知道母亲仍在煤油灯下纳鞋底等我归来，心里顿时充满温暖。夏日的夜晚，时常开窗睡觉。睡不着的时候，每每望着树梢或云隙间的半轮明月，任凭思绪跑得很远很远。在务农的艰

苦岁月里，我又常在屋前月下吹着竹笛倾诉心中的苦闷和忧伤。

而这样的老屋以区区一万元钱脱手了，失去了，连同祖父提一袋熟透的李子送我远行的曾经的脚步，连同祖母为我从火盆中扒出烫手的烧土豆的曾经的慈爱，连同母亲印在糊纸土墙上的纳鞋底的身影，连同看书时烧焦我额前头发的油灯火苗和乡间少年无奈的笛声。回想起来，我的老屋、我的故乡早就开始失去了。三十年前失去了灌木丛中扑棱棱惊飞的野鸡和鹌鹑，二十年前失去了树枝绿叶间躲藏的一串串山葡萄，十年前失去了飞进堂屋在梁上筑巢的春燕、在杏树枝头摇头摆尾的喜鹊，甚至麻雀也因农药而绝迹了。如今采石厂的石子又砸穿了老屋可怜的屋顶，砸碎了装满记忆珠子的旧青花瓷罐，砸在了我的心头……

我也曾去祖籍蓬莱寻找更古老的老屋，寻找更久远的故乡，

去了好几次。然而,早已无人可问无迹可寻了。县城也与想象中的相去甚远了。没有青砖灰瓦,没有古寺旧祠,没有一街老铺,没有满树夕阳。满眼是不入流的所谓现代化建筑和花哨的商业招牌,满耳是呼啸而去的摩托车声和声嘶力竭的叫卖声。黄昏时分,我几次怅怅地登上蓬莱阁。举目南望,但见暮霭迷蒙,四野苍茫;放眼西北,唯有水天一色,渺无所见。浮上心头的只有那两句古诗:"日暮乡关何处是,烟波江上使人愁"!

如此这般,作为祖籍的故乡早已失去,生身的故乡又随着老屋的失去而彻底失去。是的,老屋的失去,使我失去了故乡,因而失去了根据,失去了身份。原本我的身份就迷失了一半,在乡下我是城里人,在城里我是乡下人。现在又成了城里迷失故乡的乡下人,由此走上不断追问乡关何处的人生苦旅。

⑱ 故乡 / 闻一多

先生,先生,你到底要上哪里去?

你这样的匆忙,你可有什么事?

我要看还有没有我的家乡在;

我要走了,我要回到望天湖边去。

我要访问如今那里还有没有

白波翻在湖中心,绿波翻在秧田里,

有没有麻雀在水竹枝头耍武艺?

先生,先生,世界是这样的新奇,

你不在这里遨游,偏要哪里去?

我要探访我的家乡,我有我的心事;

我要看孵卵的秧鸡可在秧林里,

泥上可还有鸽子的脚儿印"个"字,

神山上的白云一分钟里变几次,

可还有燕儿飞到人家堂上来报喜。

先生，先生，我劝你不要回家去；

世间只有远游的生活是自由的。

游子的心是风霜剥蚀的残碑，

碑上已经漶漫了家乡的字迹，

哦，我要回家去，我要赶紧回家去，

我要听门外的水车终日作鼍鸣，

再将家乡的音乐收入心房里。

先生，先生，你为什么要回家去？

世上有的是荣华，有的是智慧。

你不知道故乡有一个可爱的湖，

常年总有半边青天浸在湖水里，

湖岸上有兔儿在黄昏里觅粮食，

还有见了兔儿不要追的狗子，

我要看如今还有没有这种事。

先生、先生，我越加不能懂你了，

你到底，到底为什么要回家去？

我要看家乡的菱角还长几根刺，

我要看那里一根藕里还有几根丝，

我要看家乡还认识不认识我，

我要看坟山上添了几块新碑石，

我家后园里可还有开花的竹子。

⑲ 乡愁 / 卞之琳

在这座古城的静夜里,

听到了在故乡听过的明笛,

虽说是千山万水的相隔罢,

却也有同样忧伤的歌唱。

偶然间忆到了心头的,

却并非久别的父和母,

只是故园旁边的小池塘,

萧风中,池塘两岸的芦与荻

乡情

❷⓿ 就是那一只蟋蟀 / 流沙河

台湾诗人 Y 先生说:"在海外,夜间听到蟋蟀叫,就会以为那是在四川乡下听到的那一只。"

就是那一只蟋蟀
钢翅响拍着金风
一跳跳过了海峡
从台北上空悄悄降落
落在你的院子里
夜夜唱歌
就是那一只蟋蟀
在《豳风·七月》里唱过
在《唐风·蟋蟀》里唱过
在《古诗十九首》里唱过
在花木兰的织机旁唱过
在姜夔的词里唱过
劳人听过
思妇听过

就是那一只蟋蟀

在深山的驿道边唱过

在长城的烽台上唱过

在旅馆的天井中唱过

在战场的野草间唱过

孤客听过

伤兵听过

就是那一只蟋蟀

在你的记忆里唱歌

在我的记忆里唱歌

唱童年的惊喜

唱中年的寂寞

想起雕竹做笼

想起呼灯篱落

想起月饼

想起桂花

想起满腹珍珠的石榴果

想起故园飞黄叶

想起野塘剩残荷

想起雁南飞

想起田间一堆堆的草垛

想起妈妈唤我们回去加衣裳

想起岁月偷偷流去许多许多

就是那一只蟋蟀

在海峡这边唱歌

在海峡那边唱歌

在台北的一条巷子里唱歌

在四川的一个乡村里唱歌

在每个中国人脚迹所到之处

处处唱歌

比最单调的乐曲更单调
比最谐和的音响更谐和
凝成水
是露珠
燃成光
是萤火
变成鸟
是鹧鸪
啼叫在乡愁者的心窝
就是那一只蟋蟀
在你的窗外唱歌
在我的窗外唱歌
你在倾听
你在想念
我在倾听
我在吟哦
你该猜到我在吟些什么
我会猜到你在想些什么
中国人有中国人的心态
中国人有中国人的耳朵

㉑ 乡愁 / 席慕蓉

故乡的歌是一支清远的笛

总在有月亮的晚上响起

故乡的面貌却是一种模糊的怅惘

仿佛雾里的挥手别离

离别后

乡愁是一棵没有年轮的树

永不老去

㉒ 乡愁 / 余光中

小时候，乡愁是一枚小小的邮票，

我在这头，母亲在那头。

长大后，乡愁是一张窄窄的船票，

我在这头，新娘在那头。

后来啊，乡愁是一方矮矮的坟墓，

我在外头，母亲在里头。

而现在，乡愁是一湾浅浅的海峡，

我在这头，大陆在那头。

23 乡土情结（节选） / 柯灵

  每个人的心里，都有一方魂牵梦萦的土地。得意时想到它，失意时想到它。逢年逢节，触景生情，随时随地想到它。海天茫茫，风尘碌碌，酒阑灯灺人散后，良辰美景奈何天，洛阳秋风，巴山夜雨，都会情不自禁地惦念它。离得远了久了，使人愁肠百结："客舍并州数十霜，归心日夜忆咸阳，无端又渡桑乾水，却望并州是故乡。"好不容易能回家了，偏又忐忑不安："岭外音书断，经冬复历春。近乡情更怯，不敢问来人。"异乡人这三个字，听起来音色苍凉；"他乡遇故知"，则是人生一快。一个怯生生的船家女，偶尔在江上听到乡音，就不觉喜上眉梢，顾不得娇羞，和隔船的陌生男子搭讪："君家居何处？妾住在横塘。停船暂借问，或恐是同乡。"辽阔的空间，悠邈的时间，都不会使这种感情褪色：这就是乡土情结。

  人生旅途崎岖修远，起点站是童年。人第一眼看见的世界——几乎是世界的全部，就是生我育我的乡土。他开始感觉饥饱寒暖，发为悲啼笑乐。他从母亲的怀抱，父亲的眼神，亲族的逗弄中开始体会爱。但懂得爱的另一面——憎和恨，却须在稍稍接触人事以后。乡土的一山一水，一虫一鸟，一草一木，一星一月，一寒一暑，一时一俗，一丝一缕，一饮一啜，都融化为童年生活的血肉，不可分割。而且可能祖祖辈辈都植根在这片土地上，有一部悲欢离合的家史。在听祖母讲故事的同时，就种在小小的心坎里。邻里乡亲，早晚在街头巷尾、桥上井边、田塍篱角相见，音容笑貌，闭眼塞耳也彼此了然，横竖呼吸着同一的空气，濡染着同一的风习，千丝万缕沾着边。一个人为自己的一生定音定调定向定位，要经过千磨百折的摸索，前途充满未知数，但童年的烙印，却像春蚕作茧，紧紧地包着自己，又像文身的花纹，一辈子附在身上。

"金窝银窝，不如家里的草窝。"但人是不安分的动物，多少人仗着年少气盛，横一横心，咬一咬牙，扬一扬手，向恋恋不舍的家乡告别，万里投荒，去寻找理想，追求荣誉，开创事业，富有浪漫气息。有的只是一首朦胧诗，——为了闯世界。多数却完全是沉重的现实主义格调：许多稚弱的童男童女，为了维持最低限度的生存要求，被父母含着眼泪打发出门，去串演各种悲剧。人一离开乡土，就成了失根的兰花，逐浪的浮萍，飞舞的秋蓬，因风四散的蒲公英，但乡土的梦，却永远追随着他们。"慈母手中线，游子身上衣"，这根线的长度，足够绕地球三匝，随卫星上天。

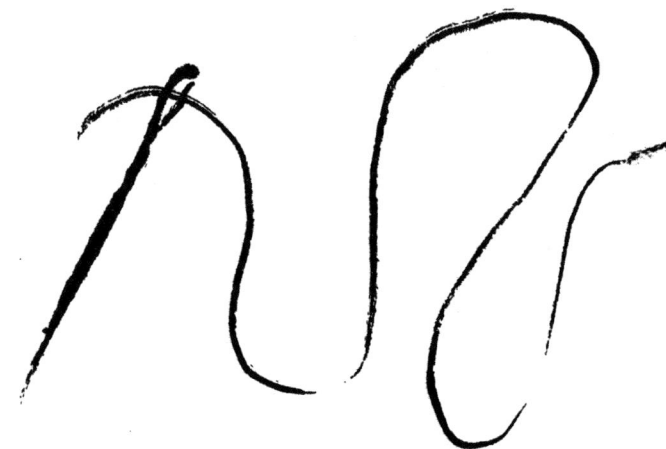

❷④ 我是扬州人（节选） / 朱自清

我家跟扬州的关系，大概够得上古人说的"生于斯，死于斯，歌哭于斯"了。现在亡妻生的四个孩子都已自称为扬州人了；我比起他们更算是在扬州长成的，天然更该算是扬州人了。但是从前一直马马虎虎地骑在墙上，并且自称浙江人的时候还多些，又为了什么呢？这一半因为报的是浙江籍，求其一致；一半也还有些别的道理。这些道理第一桩就是籍贯是无所谓的。那时要做一个世界人，连国籍都觉得狭小，不用说省籍和县籍了。那时在大学里觉得同乡会最没有意思。我同住的和我来往的自然差不多都是扬州人，自己却因为浙江籍，不去参加江苏或扬州同乡会。可是虽然是浙江绍兴籍，却又没跟一个道地浙江人来往，因此也就没人拉我去开浙江同乡会，更不用说绍兴同乡会了。这也许是两栖或骑墙的好处罢？然而出了学校以后到底常常会到道地绍兴人了。我既然不会说绍兴话，并且除了花雕和兰亭外几乎不知道绍兴的别的情形，于是乎往往只好自己承认是假绍兴人。那虽然一半是玩笑，可也有点儿窘的。

扬州真像有些人说的，不折不扣是个有名的地方。不用远说，李斗《扬州画舫录》里的扬州就够羡慕的。可是现在衰落了，经济上是一日千丈地衰落了，只看那些没精打采的盐商家就知道。扬州人在上海被称为江北佬，这名字总而言之表示低等的人。江北佬在上海是受欺负的，他们于是学些不三不四的上海话来冒充上海人。到了这地步他们可竟会忘其所以地欺负起那些新来的江北佬了。这就养成了扬州人的自卑心理。抗战以来许多扬州人来到西南,大半都自称为上海人,就靠着那一点不三不四的上海话;甚至连这一点都没有,也还自称为上海人。其实扬州人在本地也有他们的骄傲的。他们称徐州以北的人为侉子,那些人说的是侉话。他们笑镇江人说话土气,南京人说话大舌头,尽管这两个地方都在江南。英语他们称为蛮话,说这种话的当然是蛮子了。然而这些话只好关着门在家里说,到上海一看,立刻就会矮上半截,缩起舌头不敢喷一声了。扬州真是衰落得可以啊!我也是一个江北佬,一大堆扬州口音就是招牌,但是我却不愿做上海人；上海人太狡猾了。况且上海对我太生疏，生疏的程度跟绍兴对我也差不多；因为我知道上海虽然也许比知道绍兴多些，但是绍兴究竟是我的祖籍，上海是和我水米无干的。然而年纪大起来了，世界人到底做不成，我要一个故乡。

"青灯有味是儿时"，其实不止青灯，儿时的一切都是有味的。这样看，在那儿度过童年，就算那儿是故乡，大概差不多罢？这样看，就只有扬州可以算是我的故乡了。何况我的家又是"生于斯，死于斯，歌哭于斯"呢？所以扬州好也罢，歹也罢，我总该算是扬州人的。

㉕ 故乡的比喻 / 高洪波

故乡是条长长的带子

一头缚在奶奶的胸前

一头系在我的后背

这带子垂下来

垂成蜿蜒的小河

柳丝是乡情的璎珞

从奶奶的背上望世界

这世界有趣很辽阔

真想跳下去跑一跑

可是长带子不许可

故乡的长带子

奶奶的长带子

你怕一旦放开我

会永远失去我吗？

㉖ 峨眉山上的白雪 / 郭沫若

峨眉山上的雪,

怕已蒙上了那最高的山巅?

那横在山腰的宿雾,

怕还是和从前一样的蜿蜒?

我最爱的是在月光之下,

那巍峨的山岳好像要化成紫烟;

还有那一望的迷离的银霭,

笼罩着我那寂寞的家园。

啊,那便是我的故乡,

我别后已经十有五年。

那山下的大渡河的流水,

是滔滔不尽的诗篇。

大渡河的流水浩浩荡荡,

皓皓的月轮从那东岸升上。

东岸是一带常绿的浅山,

没有西岸的峨眉那样雄壮。

那渺茫的大渡河的河岸,

也是我少年时爱游的地方;

我站在月光下的乱石之中,

要感受一片伟大的苍凉。

啊,那便是我的故乡,

我别后已经十有五年。

在今晚的月光之下,

峨眉想已化成紫烟。

㉗ 老屋窗口（节选）／余秋雨

前年冬天，母亲告诉我，家乡的老屋无论如何必须卖掉了。全家兄弟姐妹中，我是最反对卖屋的一个，为着一种说不出的理由。而母亲的理由却说得无可辩驳："几十年没人住，再不卖就要坍了。你对老屋有情分，索性这次就去住几天吧，给它告个别。"

我家老屋是一栋两层的楼房，不知是祖父还是曾祖父盖的。在贫瘠的山村中，它像一座城堡矗立着，十分显眼。我住的是我出生和长大的那一间，在楼上，母亲昨天就雇人打扫得一尘不染。

人的记忆真是奇特。好几十年过去了，这间屋子的一切细枝末节竟然都还贮积在脑海的最底层，一见面全都翻腾出来，连每一缕木纹、每一块污斑都严丝密缝地对应上了。我痴痴地环视一周，又伸出双手沿壁抚摸过去，就像抚摸着自己的肌体，自己的灵魂。终于,我摸到了窗台。这是我的眼睛,我最初就在这儿开始打量世界。窗外是茅舍、田野,不远处便是连绵的群山。于是,童年的岁月便是无穷无尽的对山的遐想。跨山有一条隐隐约约的路,常见农夫挑着柴担在那里蠕动。山那边是什么呢?

这天晚上我睡得很早。天很冷,乡间没有电灯,四周安静得怪异,只能睡。一床刚刚缝好的新棉被是从同村族亲那里借来的,已经晒了一天太阳,我一头钻进新棉花和阳光的香气里,几乎融化了。或许会做一个童年的梦吧?

可是什么梦也没有,一觉睡去,直到明亮的光逼得我把眼睛睁开。怎么会这么明亮呢?我眯缝着眼睛向窗外看去,兜眼竟是一排银亮的雪岭,昨天晚上下了一夜大雪,下在我无梦的沉睡中,下在岁月的沟壑间,下得如此充分,如此透彻。一个陡起

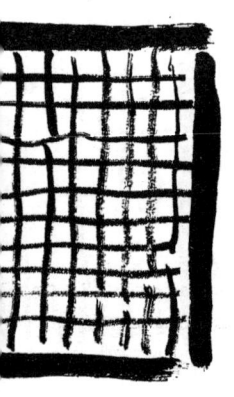

的记忆猛地闯入脑海。也是躺在被窝里,两眼直直地看着银亮的雪岭。母亲催我起床上学,我推说冷,多赖一会儿。

　　母亲无奈,陪着我看窗外。"喏,你看!"她突然用手指了一下。顺着母亲的手看去,雪岭顶上,晃动着一个红点。一天一地都是一片洁白,这个红点便分外耀眼。这是河英,我的同班同学,她住在山那头,翻山上学来了。那年我才6岁,她比我大10岁,同上着小学二年级。她头上扎着一方长长的红头巾,那是学校的老师给她的。这么一个女孩子一大清早就要翻过雪山来上学,家长和老师都不放心,后来有一位女教师出了主意,叫她扎上这块方头巾。女教师说:"只要你翻过山顶,我就可以凭着红头巾找到你,盯着你看,你摔跤了我就上来帮你。"河英的母亲说:"这主意好,上山时归我看。"

于是,这个河英上一趟学好气派,刚刚在那头山坡摆脱妈妈的目光,便投入这头山坡老师的注视。每个冬天的清晨,她就化作雪岭上的一个红点,在两位女性的呵护下,像朝阳一样,逶逶迤迤走向学校,走向书本。

这件事,远近几个山村都知道,因此每天注视这个红点的人,远不止两位女性。我母亲就每天期待着这个红点,作为催我起床的理由。这红点,已成了我们学校上课的预备铃声。只要河英一爬上山顶,山这边有孩子的家庭就忙碌开了。

故乡（节选）/鲁迅

  深蓝的天空中挂着一轮金黄的圆月，下面是海边的沙地，都种着一望无际的碧绿的西瓜。其间有一个十一二岁的少年，项带银圈，手捏一柄钢叉，向一匹猹用力地刺去。那猹却将身一扭，反从他的胯下逃走了。

  这少年便是闰土。我认识他时，也不过十多岁，离现在将有三十年了；那时我的父亲还在世，家景也好，我正是一个少爷。那一年，我家是一件大祭祀的值年。这祭祀，说是三十多年才能轮到一回，所以很郑重；正月里供祖像，供品很多，祭器很讲究，拜的人也很多，祭器也很要防偷去。我家只有一个忙月（我们这里自己也种地，只在过年过节以及收租时候来给一定的人家做工的称忙月），忙不过来，他便对父亲说，可以叫他的儿子闰土来管祭器的。

  我的父亲允许了；我也很高兴，因为我早听到闰土这名字，而且知道他和我仿佛年纪，闰月生的，五行缺土，所以他的父亲叫他闰土。他是能装弶捉小鸟雀的。

  我于是日日盼望新年，新年到，闰土也就到了。好容易到了年末，有一日，母亲告诉我，闰土来了，我便飞跑地去看。他正在厨房里，紫色的圆脸，头戴一顶小毡帽，颈上套一个明晃晃的银项圈,这可见他的父亲十分爱他,怕他死去,所以在神佛面前许下愿心,用圈子将他套住了。他见人很怕羞,只是不怕我,没有旁人的时候,便和我说话,于是不到半日,我们便熟识了。

我们那时候不知道谈些什么,只记得闰土很高兴,说是上城之后,见了许多没有见过的东西。

第二日,我便要他捕鸟。他说:"这不能。须大雪下了才好。我们沙地上,下了雪,我扫出一块空地来,用短棒支起一个大竹匾,撒下秕谷,看鸟雀来吃时,我远远地将缚在棒上的绳子只一拉,那鸟雀就罩在竹匾下了。什么都有:稻鸡,角鸡,鹁鸪,蓝背……"

我于是又很盼望下雪。

闰土又对我说:"现在太冷,你夏天到我们这里来。我们日里到海边捡贝壳去,红的绿的都有,鬼见怕也有,观音手也有。晚上我和爹管西瓜去,你也去。"

"管贼吗?"

"不是。走路的人口渴了摘一个瓜吃,我们这里是不算偷的。要管的是獾猪,刺猬,猹。月亮地下,你听,啦啦地响了,猹在咬瓜了。你便捏了胡叉,轻轻地走去……"

我那时并不知道这所谓猹的是怎么一件东西——便是现在也没有知道——只是无端地觉得状如小狗而很凶猛。

"它不咬人吗?"

"有胡叉呢。走到了,看见猹了,你便刺。这畜生很伶俐,倒向你奔来,反从胯下窜了。它的皮毛是油一般的滑……"

我素不知道天下有这许多新鲜事:海边有如许五色的贝壳;西瓜有这样危险的经历,我先前单知道它在水果店里出卖罢了。

"我们沙地里,潮汛要来的时候,就有许多跳鱼儿只是跳,都有青蛙似的两个脚……"

啊!闰土的心里有无穷无尽的稀奇的事,都是我往常的朋友所不知道的。他们不知道一些事,闰土在海边时,他们都和我一样只看见院子里高墙上的四角的天空。

可惜正月过去了,闰土须回家里去。我急得大哭,他也躲到厨房里,哭着不肯出门,但终于被他父亲带走了。他后来还托他的父亲带给我一包贝壳和几支很好看的鸟毛,我也曾送他一两次东西,但从此没有再见面。

㉙ 故乡行——重访巴彦岱（节选）／王蒙

我又来到了这块土地上。这块我生活过、用汗水浇灌过六七年的土地上。这块在我孤独的时候给我以温暖，迷茫的时候给我以依靠，苦恼的时候给我以希望，急躁的时候给我以慰安，并且给我以新的经验、新的乐趣、新的知识、新的更加朴素与更加健康的态度与观念的土地上。

高高的青杨树啊，你就是我们在一九六八年的时候栽下的小树苗吗？那时候你幼小、歪斜，长着孤零零的几片叶子，牛羊驴马、大车高轮，时时在威胁着你的生存。你今天已经是参天的大树了，你们一个紧靠着一个，从高处俯瞰着道路和田地，俯瞰着保护过你们、哺育过你们，至今仍在辛勤地管理着你们的矮小的人们。你知道谁是当年那年老的护林员？你知道谁将是你们的精明强悍的新主人？你可知道今天夜晚，有一个戴眼镜的巴彦岱——北京人万里迢迢回到你的身边，向你问好，与你谈心？

赫里其汗老妈妈，今夜您可飘然来到这里，在这高高的青杨树边逡巡？您是一九七九年十月六日去世的，原谅我，阿帕，我没有能送您，没有能参加您的葬礼。那六年里，我差不多每天都喝着您亲手做的奶茶。茶水在搪瓷壶里沸腾，您坐在灶前与我笑语。茶水对在搪瓷锅里，您抓起一把盐放在一个整葫芦做成的瓢里，把瓢伸到锅里一转悠，然后把一碗加工过的浓缩的牛奶和奶皮子倒到锅里，然后用葫芦瓢舀出一点茶水把牛奶碗一涮，最后再在锅里一搅。您的奶茶做好了，第一碗总是端在我的面前，有时候，您还会用生硬的

汉语说:"老王,泡!"我便兴致勃勃地把大馕或者小馕,或者带着金黄的南瓜丝的包谷馕掰成小小的碎块,泡在奶茶里。最初,我不太习惯这种我以为是幼儿园小孩所采用的掰碎食物泡着吃的方法,是您慢慢把我教会。看到我吃得很地道,而且从来不浪费一粒馕渣儿的时候,您是多么满意地笑起来了啊!

　　最初我来到这个语言不通的地方,陪伴我的只有梁上的两只燕子。我亲眼看见燕子做窝、孵卵,看见它们怎样勤劳地哺喂那些叽叽喳喳的小燕子。在小燕子学会飞翔的时候,我也已经向维吾尔农民的男女老少(包括四五岁的孩子)学了不少的维吾尔语了。我们愈来愈熟悉、亲热了,按照你们的古老而优美的说法,你们从燕子在我住的小屋里筑巢这一点上,判定我是一个心地善良的人。于是,你们建议我搬到正屋里,和你们住在一起。我欣然接受了。从此,我们一起相聚许多年,我们的情感胜过了亲生父子。亲爱的燕子们哪,你们的后代可都平安?你们的子孙可仍在伊犁河谷的心地善良的农民家里筑巢繁养?当曙色怡人的时候,你们可到这青杨树上款款飞翔?

㉚ 故乡行（节选）/ 张贤亮

除了爱情，故乡也应算是文学永恒的主题。当作者以自己的童年和家庭为素材创作的时候，总会把故乡作为背景，不论故乡山秀水美或穷山恶水，在作品中总是美丽的，使人留念的，而我自己的家乡在哪里却很懵懂，虽然在各种表格上的籍贯栏里，一直填的是"江苏盱眙"，可是"盱眙"究竟是什么样子我毫无印象。

到了成为一个所谓"公众人物"，我的籍贯被别人关注的时候，说来惭愧，故乡"江苏盱眙"对我的成长有什么影响仍说不清楚。可是我的"第二故乡"却不少：重庆、南京、上海、北京、银川都可算一份。银川不用说了，重庆南京上海北京的街道我仍相当熟悉，当地年轻人不知的旧街我都能如数家珍。1985年到南京领一个文学奖项时，与友人李国文、邓友梅等获奖者由张弦带路去寻找我的"故居"。虽然街市铺面变化很大，但车到"狮子桥"我马上就能认出我的出生地。原先偌大的"梅溪山庄"改建成了一座电机厂，只有儿时曾在其下玩耍的一棵梧桐树依然繁茂。同样，在重庆、上

海、北京等地我家曾住过的街巷胡同，我都一一去看过。站在早已面目全非的庭院或楼宇前，不禁有一种浪迹天涯，不知何处是归宿的情愫油然而生。

其实，真正促使我去故乡盱眙的，是近年每逢旧俗的祭日给先人烧纸的习俗又悄然兴起。届时，夜间常能看到萤光爝火四处闪烁，有的人家竟把纸钱烧到人行道上，纸灰飞扬，在华灯异彩中扶摇而上，神秘且又热闹。烧纸的人们表情虔诚，有的嘴里念念有词，在移动电话盛行的时代，仿佛正用耳机与死去的先人通话。这景象令我惆怅而羡慕。因为我不知在哪里祭祀我的父母为好。我当然不相信纸钱能供给死去的父母在阴间消费，但人死后是不是有灵魂，魂魄又归何处，都不是可以轻易下断语的人生终极问题。作为人子，父母活着时不能尽孝，他们死后又抱着"死人的事是经常发生的"，死了就算了的态度，于心何忍？

为了找个适当的地方纪念父母，寄托我对他们的哀思，我以为最佳选择莫过自己填写的祖籍"江苏盱眙"了。

31 蓬莱仙境（节选）/ 杨朔

夜来落过一场小雨，一早晨，我带着凉爽的清气，坐车往一别二十多年的故乡蓬莱去。

许多人往往把蓬莱称作仙境。本来难怪，古书上记载的所谓海上三神山不就是蓬莱、方丈、瀛洲？民间流传极广的八仙过海的神话，据白胡子老人家说，也出在这一带。二十多年来，我有时怀念起故乡，却不是为的什么仙乡，而是为的那儿深埋着我童年的幻梦。这种怀念有时会带点苦味儿。最难忘记的是我一位叫婀娜的表姐，年岁比我大得多，自小无父无母，常到我家来玩，领着我跳绳、扑蝴蝶，有时也到海沿上去捡贝壳。沙滩上有些小眼，婀娜姐姐会捏一根草棍插进去，顺着草棍扒沙子。扒着扒着，一只小螃蟹露出来，两眼机灵灵地直竖着，跟火柴棍一样，忽然飞也似的横跑起来，惹得我们笑着追赶。后来不知怎的，婀娜姐姐不到我们家来了。我常盼着她，终于有一天盼来，她却羞答答地坐在炕沿上，看见我，只是冷淡淡地一笑。我心里很纳闷，背后悄悄问母亲道："婀娜姐姐怎么不跟我玩啦？"

母亲说:"你婀娜姐姐定了亲事,过不几个月就该出阁啦,得学点规矩,还能老疯疯癫癫的,跟你们一起闹。"

再往后,我离开家乡,一连多少年烽火遍地,又接不到家乡的音信,不知道婀娜姐姐的命运究竟怎样了。

而在一九五九年六月,石榴花开时,我终于回到久别的故乡。车子沿着海山飞奔,一路上,我闻见一股极熟悉的海腥气,听见路两边飞进车来的那种极亲切的乡音,我的心激荡得好像要融化似的,又软又热。路两旁的山海田野,处处都觉得十分熟悉,却又不熟悉。瞧那一片海滩,滩上堆起一道沙城,仿佛是我小时候常去洗澡的地场。可又不像。原先那沙城应该是一道荒岗子,现在上面分明盖满绿葱葱的树木。再瞧那一个去处,仿佛是清朝时候的"校场",我小时候常去踢足球玩。可又不像。原先的"校场"根本不见,那儿分明立着一座规模蛮大的炼铁厂。车子东拐西拐,拐进一座陌生的城市,里面

有开阔平坦的街道，亮堂堂的店铺，人烟十分热闹。我正猜疑这是什么地方，同行的旅伴说："到了。"

想不到这就是我的故乡。在我的记忆当中，蓬莱是个古老的小城，街道狭窄，市面冷落，现时竟这样繁华，我怎能认识它呢？它也根本不认识我。我走在街上，人来人往，没有一个人认识我是谁。本来嘛，一去二十多年，当年的旧人老了，死了，年轻的一代长起来，哪里会认识我？家里也没什么人了，只剩一个出嫁的老姐姐，应该去看看她。一路走去，人们都用陌生的眼神望着我。我的心情有点发怯：只怕老姐姐不在，又不知道她的命运究竟怎样。

㉜ 初听乡音/高洪波

纯朴而又浊重的乡音,
震响在我的耳畔。

乡音好美,乡音好甜,
乡音中溅辽河水花,
乡音中飘草原炊烟。

乡音好脆,乡音好香,
乡音中有甜瓜味儿,
乡音中有玉米鲜。

乡音一入耳,
乱花迷人眼。
不知道舌头打卷,
不知道巧舌善辩,
不知道唇枪舌剑,
只知话儿一出口,
任你驾上三套马车,
天边也难追赶!

纯朴又浊重的乡音,
震响在我的耳畔……

33 老家（节选）/ 史铁生

常要在各种表格上填写籍贯，有时候我写北京，有时候写河北涿州，完全即兴。写北京，因为我生在北京长在北京，大约死也不会死到别处去了。写涿州，则因为我从小被告知那是我的老家，我的父母及祖上若干辈人都曾在那儿生活。

可是这个被称为老家的地方，我是直到四十六岁的春天才第一次见到它。此前只是不断地听见它。从奶奶的叹息中，从父母对它的思念和恐惧中，从姥姥和一些亲戚偶尔带来的消息里面。

四十六岁的春天，我去亲眼证实了它的存在；我跟父亲、伯父和叔叔一起，坐了几小时汽车到了老家。涿州——我有点儿不敢这样叫它。涿州太具体，太实际，因而太陌生。而老家在我的印象里一向虚虚幻幻，更多的是一种情绪，一种声音，甚或一种光线一种气息，与一个实际的地点相距太远。我想我不妨就叫它Z州吧，一个非地理意义的所在更适合连接起一个延续了四十六年的传说。

我们几乎走遍了城中所有的街巷。父亲、伯父和叔叔一路指指点点感慨万千:这儿是什么,那儿是什么,此一家商号过去是什么样子,彼一座宅院曾经属于一户怎样的人家,某一座寺庙当年如何如何香火旺盛,庙会上卖风筝,卖兔爷,卖莲蓬,卖糖人儿、面茶、老豆腐……

我听见老家在慢慢地扩展,向着尘封的记忆深入,不断推新出陈。往日,像个昏睡的老人慢慢苏醒,唏嘘叹惋之间渐渐生机勃勃起来。历史因此令人怀疑。循着不同的情感,历史原来并不确定。

汽车缓缓行驶,接近史家旧居时,父亲、伯父和叔叔一声不响,唯睁大眼睛望着窗外。他们都不下车,只坐在车里看,看斑驳的院门,看门两边的石墩,看屋檐上摇动的枯草,看屋脊上露出的树梢……伯父和父亲执意留在汽车上,叔叔推着我进了院门。院子里没人,屋门也

都锁着,两棵枣树尚未发芽,疙疙瘩瘩的枝条与屋檐碰撞发出轻响。叔叔指着两间耳房对我说:"你爸和你妈,当年就在这两间屋里结的婚。""你看见的?""当然我看见的。那天史家的人去接你妈,我跟着去了。那时我十三四岁,你妈坐上花轿,我就跟在后头一路跑,直跑回家……"我仔细打量那两间老屋,心想,说不定,我就是从这儿进入人间的。

从那院子里出来,见父亲和伯父在街上来来回回地走,向一个个院门里望,紧张,又似抱着期待。

离开Z州城,仿佛离开了一个牵魂索命的地方,父亲和伯父都似吐了一口气:想见她,又怕见她,唉,Z州啊!老家,只是为了这样的想念和这样的恐惧吗?

乡俗

34 漫谈过年 / 冰心

我这一辈子,经过几个朝代,也已经过了八十几个"年"了!时代在前进,这过年的方式,也有很大的不同和进步。

从我四五岁记事起到十一岁(那是在前清时代)过的是小家庭生活。那时,我父亲是山东烟台海军学校的校长,每逢年假,都有好几个堂哥哥,表哥哥回家来住。父亲就给他们买些乐器:锣、鼓、二胡、洞箫之类,让他们演奏,也买些鞭炮烟火。我不会演奏,也怕放炮,只捡几根"滴滴金"来放。那是一个小纸捻,里面卷一点火药,拿在手里抡起来,就放出一点点四散的金星。既没有大声音,又很好看。

那时代的风俗,从正月初一到十五,是禁止屠宰的。因此,母亲在过年前,就买些肘子、猪蹄、鸡、鸭之类煮好,用酱油、红糟和许多佐料,腌起来塞在大坛子里,还磨好多糯米水粉,做红白年糕。这些十分好吃的东西,我们都一直吃到元宵节!

除夕夜,我们点起蜡烛烧起香,办一桌很丰盛的酒菜来供祖宗,我们依次磕了头,这两次的供菜撤下来,就是我们的年夜饭了。

初一，我们一早就穿起新衣，对父母亲和长辈磕头拜年，也拿到了包着红纸的压岁钱，里面是锃亮的一块墨西哥"站人"银元！既不会演奏，又不敢放炮的我，这一天最关心的就是附近几个村落"耍花会"的到来了。这些"花会"都是村里人办的，有跑旱船的，有扮"王大娘锔大缸"的，扮女人的都是村里的年轻人，擦粉描眉，很标致的！锣鼓前导，后面跟着许多小孩子，闹闹嚷嚷的。到了我家门口，自然会围上一大圈人，他们就停下来演唱，唱词很滑稽，四围笑声不断。这时，我们赶紧拿出烟酒点心，来慰劳他们，这一个花会走了，那一个花会又来了。最先来的总是金钩寨的花会。

到了一九一一年，我们回到福建福州去和祖父、伯叔父母同住在一起。大家庭里的过年是十分热闹的。从祭灶那天起，大家就都忙乎起来。最先是叠"元宝"，那是用金银纸箔，叠成元宝的样子，然后用绳子穿成一串一串的，准备在供神供祖的时候烧；然后就忙扫房，用很长的掸子将屋角的蛛网和尘土，都扫除干净，又擦亮一切铜器，如蜡台、香炉，以及柜子箱子上的铜锁等。大门上贴上新的鲜红的春联。祖父还用红纸在书桌旁边贴上"元旦开笔，新春大吉"等等的吉利话。这些当然都是大人们的事，我们小孩子只准备穿新衣服，放花炮，拜年，拿压岁钱。因为大家庭里兄弟姐妹多，祖父的红纸包里，只是一两角的新银币，但因为长辈也多，加上各人外婆家给的压岁钱，我们每人几乎都得到好几块！

新年过后，元宵节又是一个高潮。我们老家在福州市南后街，那条街从来就是灯市。灯节之前，就已是"花市灯如昼"了，灯月交辉，街上的人流彻夜不绝。福州的风俗，元宵节小孩子玩的灯，都是外婆家送的。福州方言，"灯"与"丁"同音。"添丁"是句吉利话，因此，外婆家送给我们姐弟四人的是五盏灯！我的弟弟们比我小得多，他们还不大会玩，我这时就占了便宜，我墙上挂的是"三英战吕布"的走马灯，一手提着一盏眼睛能动的金鱼灯，一手拉着会在地上走的兔儿灯，觉得自己神气得很。但最好玩的还是跟着哥哥姐姐们到大门口去看灯。有许多亲友到我家街上来看灯的，我们都高兴地点起用篾片编成的火把，把他们送走。

一九一三年，我们到了北京，又过起小家庭生活，过年供祖宗也不烧元宝了。给父母和长辈拜年也只鞠躬，不好意思拿压岁钱了。家里没有了大孩子，没有人敲锣打鼓。弟弟们只会放些小炮仗，过年就显得冷清多了。

家庭里过年不热闹,而集体的节日庆祝,却一年一年地扩大了,机关和学校里都有新年团拜,大门口还张灯结彩,也有种种文娱节目。如今呢,过年庆祝活动,更是以集体为中心,真是普天同庆!以近两年来的"地坛文化迎春庙会"为例,会上什么都有,参加的人既饱了眼福、耳福,又饱了口福。去年到过迎春庙会的朋友,回来都十分兴奋,我虽然因为行动不便,不能参加,但从报纸上的消息里,我已经想象到了那欢腾热闹的盛况,精神上已经参加进去了。

35 北平年景（节选）/ 梁实秋

过年须要在家乡里才有味道，羁旅凄凉，到了年下只有长吁短叹的份儿，还能有半点欢乐的心情？而所谓家，至少要有老小二代，若是上无双亲，下无儿女，只剩下伉俪一对，大眼瞪小眼，相敬如宾，还能制造什么过年的气氛？北平远在天边，徒萦梦想，童时过年风景，尚可回忆一二。

祭灶过后，年关在迩。家家忙着把锡香炉，锡蜡签，锡果盘，锡茶托，从蛛网尘封的箱子里取出来，做一年一度的大擦洗。宫灯，纱灯，牛角灯，一齐出笼。年货也是要及早备办的，这包括厨房里用的干货，拜神祭祖用的苹果干果等等。主妇当然更有额外负担，要给大家制备新衣新鞋新袜，尽管是布鞋布袜布大衫，总要上下一新。

祭祖先是过年的高潮之一。祖先的影像悬挂在厅堂之上，都是七老八十的，有的撇嘴微笑，有的金刚怒目，在香烟缭绕之中，享用蒸禋，这时节孝子贤孙叩头如捣蒜，其实亦不知所为何来，慎终追远的意思不能说没有，不过大家忙的是

上供，拈香，点烛，磕头，紧接着是撤供，围着吃年夜饭，来不及慎终追远。

吃是过年的主要节目。年菜是标准化了的，家家一律。人口旺的人家要进全猪，连下水带猪头，分别处理下咽。一锅纯肉，加上蘑菇是一碗，加上粉丝又是一碗，加上山药又是一碗，大盆的芥末墩儿，鱼冻儿，肉皮辣酱，成缸的大腌白菜，芥菜疙瘩，——管够，初一不动刀，初五以前不开市，年菜非囤集不可，结果是年菜等于剩菜，吃倒了胃口而后已。

"好吃不过饺子，舒服不过倒着"，这是乡下人说的话，北平人称饺子为"煮饽饽"。城里人也把煮饽饽当作好东西，除了除夕宵夜不可少的一顿之外，从初一至少到初三，顿顿煮饽饽，直把人吃得头昏脑涨。除夕宵夜的那一顿，还有考究，其中一只要放进一块银币，谁吃到那一只主交好运。家里有老祖母的，年年是她老人家幸运地一口咬到。谁都知道其中做了手脚，谁都心里有数。

孩子们须要循规蹈矩，否则便成了野孩子，唯有到了过年时节可以沐恩解禁，任意地做孩子状。除夕之夜，院里撒满了芝麻秸儿，孩子们践踏得咯吱咯吱响，是为"踩岁"。闹得精疲力竭，睡前给大人请安，是为"辞岁"。大人摸出点什么作为赏赉，是为"压岁"。

新年狂欢拖到十五。但是我记得有一年提前结束了几天，那便是"民国元年"，阴历的正月十二日，在普天同庆声中，袁世凯嗾使北军第三镇曹锟驻禄米仓部队哗变掠劫平津商民两天。这开国后第一个惊人的年景使我到如今不能忘怀。

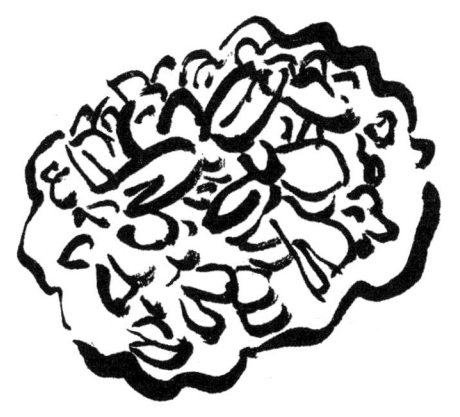

36 秦腔（节选）/贾平凹

山川不同,便风俗区别,风俗区别,便戏剧存异;普天之下人不同貌,剧不同腔;京,豫,晋,越,黄梅,二簧,四川高腔,几十种品类;或问:历史最悠久者,文武最正经者,是非最汹汹者?曰:秦腔也。正如长处和短处一样突出便见其风格,对待秦腔,爱者便爱得要死,恶者便恶得要命。外地人——尤其是自夸于长江流域的纤秀之士——最害怕秦腔的震撼;评论说得婉转的是:唱得有劲;说得直率的是:大喊大叫。于是,便有柔弱女子,常在戏台下以绒堵耳,又或在平日教训某人:你要不怎么怎么样,今晚让你去看秦腔!秦腔成了惩罚的代名词。所以,别的剧种可以各省走动,唯秦腔则如秦人一样,死不离窝;严重的乡土观念,也使其离不了窝:可能还在西北几个地方变腔走调的有些市场,却绝对冲不出往东南而去的潼关呢。

但是,几百年来,秦腔却没有被淘汰,被沉沦,这使多少人在大惑而不得其解。其解是有的,就在陕西这块土地上。如果是一个南方人,坐车轰轰隆隆往北走,渡过黄河,进入西岸,八百里秦川大地,原来竟是:一扶黄褐的平原;辽阔

的地平线上，一处一处用木橡夹打成一尺多宽墙的土屋，粗笨而庄重；冲天而起的白杨，苦楝，紫槐，枝干粗壮如桶，叶却小似铜钱，迎风正反翻覆……你立即就会明白了：这里的地理构造竟与秦腔的旋律惟妙惟肖的一统！再去接触一下秦人吧，活脱脱的一群秦始皇兵马俑的复出：高个，浓眉，眼和眼间隔略远，手和脚一样粗大，上身又稍稍见长于下身。当他们背着沉重的三角形状的犁铧，赶着山包一样团块组合式的秦川公牛，端着脑袋般大小的耀州瓷碗，蹲在立的卧的石碌子碌磗上吃着牛肉泡馍，你不禁又要改变起世界观了：啊，这是块多么空旷而实在的土地，在这块土地挖爬滚打的人群是多么"二愣"的民众！那晚霞烧起的黄昏里，落日在地平线上欲去不去的痛苦的妊娠，五里一村，十里一镇，高音喇叭里传播的秦腔互相交织，冲撞，这秦腔原来是秦川的天籁，地籁，人籁的共鸣啊！

农民是世上最劳苦的人，尤其是在这块平原上，生时落草在黄土炕上,死了被埋在黄土堆下;秦腔是他们大苦中的大乐,当老牛木犁疙瘩绳,在田野已经累得筋疲力尽,立在犁沟里大喊大叫来一段秦腔,那心胸肺腑,关关节节的困乏便一尽儿涤荡净了。有了秦腔,生活便有了乐趣,高兴了,唱"快板",高兴得像被烈性炸药爆炸了一样,要把整个身心粉碎在天空!痛苦了,唱"慢板",揪心裂肠的唱腔却表现了多么有情有味的美来,美给了别人的享受,美也熨平了自己心中愁苦的皱纹。当他们在收获时节的土场上,在月在中天的庄院里大吼大叫唱起来的时候,那种难以想象的狂喜,激动,雄壮,与那些献身于诗歌的文人,与那些有吃有穿却总感空虚的都市人相比,常说的什么伟大的永恒的爱情是多么渺小、有限和虚弱啊!

37 我的秦腔记忆（节选）/陈忠实

在我最久远的童年记忆里顶快活的事，当数跟着父亲到原上原下的村庄去看戏。

父亲是个戏迷，自年轻时就和村子里几个戏迷搭帮结伙去看戏，直到年过七旬仍然乐此不疲。

我已记不得从几岁开始跟父亲去看戏，却可以断定是上学以前的事。我记着一个细节，在人头攒动的戏台下，父亲把我架在他的肩上，还从这个肩头换到那个肩头，让我看那些我弄不清人物关系也听不懂唱词的古装戏。可以断定不过五六岁或六七岁，再大他就扛架不起了。我坐在父亲的肩头，在自己都感觉腰腿很不自在的时候，就蹓下来，到场外去逛一圈。及至到上学念书的寒暑假里，我仍然跟着父亲去看戏，不过不好意思坐父亲的肩膀了。

同样记不得跟父亲在原上原下看过多少场戏了，却可以断定我那时候还不知道自己看的戏种叫秦腔。知道秦腔这个剧种称谓，应在上世纪50年代中期离开家乡进

西安城念中学以后，我13岁。看了那么多戏，却不知道自己所看的戏是秦腔，似乎于情于理说不通。其实很正常，包括父亲在内的家乡人只说看戏，没有谁会标出剧种秦腔。原上原下固定建筑的戏楼和临时搭建的戏台，只演秦腔，没有秦腔之外的任何一个剧种能登台亮彩，看戏就是看秦腔，戏只有一种秦腔，自然也就不需要累赘地标明剧种了。这种地域性的集体无意识就留给我一个空白，在不知晓秦腔剧种的时候，已经接受秦腔独有的旋律的熏陶了，而且注定终生都难能取代的顽固心理。

　　我起初似乎对这些敲击类和弦索类的乐器的音响没有感觉，跟着父亲看戏不过是逛热闹。记不得是哪一年哪一岁，我跟父亲走到白鹿原顶，听到远处树丛笼罩着的那个村子传来大铜锣和小铜锣的声音，还有板胡和梆子以及扁鼓相间相错的声响，竟然一阵心跳，脚步不自觉地加快了，一种渴盼锣鼓梆子扁鼓板胡二胡交织的旋律冲击的欲望潮起了。自然还有唱腔，花脸和黑脸那种能传到二里外的吼唱，曾经震得我捂住耳朵，这时也有接受的颇为急切的需要了；白须老生的苍凉和黑须须生的激昂悲壮，在我太浅的阅世情感上铭刻下音符；小生和花旦的洋溢着阳光和花香的唱腔，是我最容易发生共鸣的妙音；还有丑角里的丑汉和丑婆婆，把关中话里最逗人的语言作最恰当的表述，从出台到退场都被满场子的哄笑迎来送走……我后来才意识到，大约就从那一回的那一刻起，秦腔旋律在我并不特殊敏感的乐感神经里，铸成终生难以改易更难替代的戏曲欣赏倾向。

38 我所生长的地方（节选）/沈从文

拿起我这支笔来，想写点我在这地面上二十年所过的日子，所见的人物，所听的声音，所嗅的气味，也就是说我真真实实所受的人生教育，首先提到一个我从那儿生长的边疆僻地小城时，实在不知道怎样来着手就较方便些。我应当照城市中人的口吻来说，这真是一个古怪地方！只由于两百年前满人治理中国土地时，为镇抚与虐杀残余苗族，派遣了一队戍卒屯丁驻扎，方有了城堡与居民。这古怪地方的成立与一切过去，有一部《苗防备览》记载了些官方文件，但那只是一部枯燥无味的官书。我想把我一篇作品里所简单描绘过的那个小城，介绍到这里来。这虽然只是一个轮廓，但那地

方一切情景，却浮凸起来，仿佛可用手去摸触。

　　一个好事人，若从一百年前某种较旧一点的地图上去寻找，当可在黔北、川东、湘西一处极偏僻的角隅上，发现了一个名为"镇筸"的小点。凡有机会追随了屈原溯江而行那条长年澄清的沅水，向上游去的旅客和商人，若打量由陆路入黔入川，不经古夜郎国，不经永顺、龙山，都应当明白"镇筸"是个可以安顿他的行李最可靠也最舒服的地方。那里土匪的名称不习惯于一般人的耳朵。兵卒纯善如平民，与人无侮无扰。农民勇敢而安分，且莫不敬神守法。商人各负担了花纱同货物，洒脱单独向深山中村庄走去，与平民作有无交

易,谋取什一之利。地方统治者分数种:最上为天神,其次为官,又其次才为村长同执行巫术的神的侍奉者。人人洁身信神,守法爱官。每家俱有兵役,可按月各自到营上领取一点银子,一份米粮,且可从官家领取二百年前被政府所没收的公田耕耨播种。城中人每年各按照家中有无,到天王庙去杀猪,宰羊,磔狗,献鸡,献鱼,求神保佑五谷的繁殖,六畜的兴旺,儿女的长成,以及作疾病婚丧的禳解。人人皆依本分担负官府所分派的捐款,又自动地捐钱与庙祝或单独执行巫术者。

地方东南四十里接近大河,一道河流肥沃了平衍的两岸,多米,多橘柚。西北二十里后,即已渐入高原,近抵苗乡,万山重叠,大小重叠的山中,大杉树以长年深绿逼人的颜色,蔓延各处。一道小河从高山绝涧中流出,汇集了万山细流,

沿了两岸有杉树林的河沟奔驶而过，农民各就河边编缚竹子做成水车，引河中流水，灌溉高处的山田。河水长年清澈，其中多鳜鱼、鲫鱼、鲤鱼，大的比人脚板还大。河岸上那些人家里，常常可以见到白脸长身见人善作媚笑的女子。小河水流环绕"镇筸"北城下驶，到一百七十里后方汇入辰河，直抵洞庭。

这地方又名凤凰厅，到民国后便改成了县治，名凤凰县。

我就生长在这样一个小城里，将近十五岁时方离开。出门两年半回过那小城一次以后，直到现在为止，那城门我还不曾再进去过。但那地方我是熟悉的。现在还有许多人生活在那个城市里，我却常常生活在那个小城过去给我的印象里。

㉟ 老北京的小胡同（节选）/ 萧乾

我是在北京的小胡同里出生并长大的。由于我那个从未见过面的爸爸在世时管开关东直门，所以东北城角就成了我的早年的世界。四十年代我在海外漂泊时，每当思乡，我想的就是北京的那个角落。我认识世界就是从那里开始的。

母亲去世后，我寄养在堂兄家里。当时我半工半读：织地毯和送羊奶，短不了走街串巷。高中差半年毕业（1927年冬），因学运被变相开除，远走广东潮汕。1929年虽然又回到北平上大学，但那时过的是校园生活了。我这辈子只有头十七年是真正生活在北京的小胡同里。那以后，我就走南闯北了。可是不论我走到哪里，在梦境里，我的灵魂总萦绕着那几条小胡同转悠。

啊，胡同里从早到晚是一阕动人的交响乐。大清早就是一阵接一阵的叫卖声。挑子两头是"芹菜辣青椒，韭菜黄瓜"，碧绿的叶子上还滴着水珠。过一会儿，卖"江米小枣年糕"的车子推过来了，然后是叮叮当当的"锔盆锔碗的"。最动人心弦的是街头理发师手里那把铁玩艺儿，刺啦一声就把空气荡出漾漾花纹。

北京的叫卖声最富季节性。春天是"蛤蟆骨朵儿大田螺丝"，夏天是莲蓬和凉粉儿，秋天的炒栗子炒得香喷喷黏乎乎的，冬天"烤白薯真热火"。

我最喜欢听夜晚的叫卖声。顾客对象大概都是灯下斗纸牌的少爷小姐。夜晚叫卖的特点是徐缓，拖尾，而且当中必有段间歇——有时还挺长。比较干脆的是卖熏鱼的或者"算灵卦"的。最喜欢拉长，而且加颤音的是夜乞者。

另外是夜行人：有戏迷，也有醉鬼。尖声唱着"一马离了"或"苏三离了洪洞县"。这么唱也不知是为了满足一下无处发挥的表演欲呢，还是走黑道发怵，在给自己壮胆。

那时我是个穷孩子，可穷孩子也有买得起的玩具。两儿个钱就能买支转个不停的小风车。去隆福寺买几个模子，黄土和起泥，就刻起泥饽饽。春天，大院的天空就成了风筝的世界。阔孩子放沙雁，穷孩子也能有秫秸糊个屁股帘儿。反正也能飞起，衬着蓝色的天空，大摇大摆。小心坎可乐了，好像自己也上了天。

夏天，我还常钻到东直门的芦苇塘里去捉蛤蟆，要么就在坟堆旁边逮蛐蛐——还有油葫芦。蛐蛐会咬架，油葫芦个头大，但不咬。它叫起来可优雅啦。当然，金钟更好听，却难得能抓到一只。这些，我都是养在泥罐子里，每天给一两颗毛豆，一点水就成了。

北京还有一种死胡同，有点像上海的弄堂。可是弄堂里见不到阳光。北京胡同里的平房，多么破，也不缺乏阳光。

胡同可以说是一种中古民用建筑。我在伦敦和慕尼黑的古城都见到过类似的胡同。伦敦英格兰银行旁边就有一条窄窄的"针鼻巷"，很像北京的胡同，在美洲新大陆就见不到。他们舍得加固，可真舍不得拆。新加坡的城市现代化就搞猛了。四十年代我两次过狮城，很有东方味道。八十年代再去，认不得了。幸而他们还保留了一条"牛车水"。我每次去新加坡，必去那里吃碗排骨茶。边吃边想着老北京的豆浆油炸果。

但愿北京能少拆几条、多留几条胡同。

❹⓪ 忆儿时(节选)/ 丰子恺

我回忆儿时,有三件不能忘却的事。

第一件是养蚕。那是我五六岁时,我祖母在日的事。我祖母是一个豪爽而善于享乐的人,不但良辰佳节不肯轻轻放过,就是养蚕,也每年大规模地举行。其实,我长大后才晓得,祖母的养蚕并非专为图利,叶贵的年头常要蚀本,然而她欢喜这暮春的点缀,故每年大规模地举行。我所欢喜的,最初是蚕落地铺。那时我们的三开间的厅上,地上统是蚕,架着经纬的跳板,以便通行及饲叶。蒋五伯挑了担到地里去采叶,我与诸姊跟了去,去吃桑葚。蚕落地铺的时候,桑葚已很紫而甜了,比杨梅好吃得多。我们吃饱之后,又用一张大叶做一只碗,采了一碗桑葚,跟了蒋五伯回来。蒋五伯饲蚕,我就以走跳板为戏乐,常常失足翻落地铺里,压死许多蚕宝宝。祖母忙喊蒋五伯抱我起来,不

许我再走。然而这满屋的跳板,像棋盘街一样,又很低,走起来一点也不怕,真是有趣。这真是一年一度的难得的乐事!所以虽然祖母禁止,我总是每天要去走。

蚕上山之后,全家静默守护,那时不许小孩子们噪了,我暂时感到沉闷。然过了几天要采茧,做丝,热闹的空气又浓起来了。我们每年照例请牛桥头七娘娘来做丝。蒋五伯每天买枇杷和软糕来给采茧、做丝、烧火的人吃。大家似乎以为现在是辛苦而有希望的时候,应该享受这点心,都不客气地取食。我也无功受禄地天天吃多量的枇杷与软糕,这又是乐事。

七娘娘做丝休息的时候,捧了水烟筒,伸出她左手上的短少半段的小指给我看,对我说:做丝的时候,丝车后面是万万不可走近去的,她的小指,便是小时候不留心被丝车轴棒轧脱

的。她又说:"小团团不可走近丝车后面去,只管坐在我身旁,吃枇杷,吃软糕。还有做丝做出来的蚕蛹,叫妈妈油炒一炒,真好吃哩!"

丝做好后,蒋五伯口中唱着"要吃枇杷,来年蚕罢",收拾丝车,恢复一切陈设。我感到一种兴尽的寂寥。然而对于这种变换,倒也觉得新奇而有趣。

现在我回忆这儿时的事,真是常常使我神往!祖母、蒋五伯、七娘娘和诸姊,都像童话里的人物了。且在我看来,他们当时这剧的主人公便是我。何等甜美的回忆!

我七岁上祖母死了,我家不复养蚕。不久父亲与诸姊弟相继死亡,家道衰落了,我的幸福的儿时也过去了。因此这件回忆,一面使我永远神往,一面又使我永远忏悔。

❹❶ 我的家乡 / 汪曾祺

我的家乡是一个水乡，我是在水边长大的，耳目之所接，无非是水。水影响了我的性格，也影响了我的作品的风格。

家乡高邮在京杭大运河的下面。我小时候常到运河堤上去玩。我读的小学的西面是一片菜园，穿过菜园就是河堤。我的大姑妈的家，出门西望，就看见爬上河堤的石级。这段河堤有石级，因为地名"御码头"，康熙或乾隆曾在此泊舟登岸。运河是一条"悬河"，河底比东堤下的地面高，据说河堤和城墙垛子一般高。站在河堤上，可以俯瞰堤下的街道房屋。我们几个同学，可以指认哪一处的屋顶是谁家的。城外的孩子放风筝，风筝在我们的脚下飘。城里人家养鸽子,鸽子飞起来,我们看到的是鸽子的背。几只野鸭子贴水飞向东,过了河堤,下面的人看见野鸭子飞得高高的。我们看船,运河里有大船。上水的船多撑篙。弄船的脱光了上身,使劲把篙子梢头顶在肩窝处,在船侧窄窄的舷板上,从船头一步一步走向船尾。然后拖着篙子走回船头,欻一声把篙子投进水里,扎到船底,又顶篙子,一步一步走向船尾。如是往复不停。大船上用的船篙甚长而极粗,篙头如饭碗大,有锋利的铁尖。使篙的通常是两个人,船左右舷各一人;有时只有一个人,在一边。这条船的水程,实际上是他们用脚一步一步走出来的。这种船多是重载,船帮吃水甚低,几乎要浸到船板上来。这

些撑篙男人都极精壮,浑身作古铜色。他们是不说话的,大都眉棱很高,眉毛很重。因为长年注视着滚动的水,故目光清明坚定。这些大船常有一个舵楼,住着船老板的家眷。船老板娘子大都很年轻,一边扳舵,一边敞开怀奶孩子,态度悠然。舵楼大都伸出一枝竹竿,晾晒着衣裤,风吹着啪啪作响。

看打鱼。在运河里打鱼的多用鱼鹰。一般都是两条船,一船八只鱼鹰,有时也会有三条、四条,排成阵势。鱼鹰栖在木架上,精神抖擞,如同临战状态。打鱼人把篙子一挥,这些鱼鹰就噼噼啪啪,纷纷跃进水里。只见它们一个猛子扎下去,眨眼工夫,有的就叼一条鳜鱼上来——鱼鹰似乎专逮鳜鱼。打鱼人解开鱼鹰脖子上的金属的箍——鱼鹰脖子上都有一道箍,否则它就会把逮到的鱼

吞下去,把鳜鱼扔进船舱,奖给它一条小鱼,它就高高兴兴,心甘情愿地又跳进水里去了。有时两只鱼鹰合力抬起一条大鳜鱼上来,鳜鱼还在挣蹦,打鱼人已经一手捞住了。这条鳜鱼够四斤!这真是一个热闹场面。看打鱼的、看鱼鹰的,都很兴奋激动,倒是打鱼人显得十分冷静,不动声色。

　　湖通常是平静的,透明的。这样一片大水,浩浩淼淼(湖上常常没有一艘船),让人觉得有些荒凉,有些寂寞,有些神秘。黄昏了,湖上的蓝天渐渐变成浅黄、橘黄,又渐渐变成紫色,很深很深的紫色。这种紫色使人深深感动。我永远忘不了这样的紫色的长天。

42 灯祭（节选）/迟子建

父亲在世时,每逢过年我就会得到一盏灯。那灯是不寻常的。

从门外的雪地上捡回一个罐头瓶,然后将一瓢滚热的开水倒进瓶里,"啪"的一声,瓶底均匀地落下来,灯罩便诞生了。赶紧用废棉花将灯罩擦得亮亮的,亮到能看清瓶中央飞旋的灰尘为止。灯的底座是圆形的,木制,有花纹,面积比灯罩要大上一圈,沿边缘对称地钻两个眼,将铁丝从一只眼穿过去,然后沿着底座的直径爬行,再扎入另一个眼中,铁丝在手的牵引下像眼镜蛇一样摇摆着身子朝上伸展,两个端头一旦会合扭结在一起,灯座便大功告成了。那时候从底座中心再钉透一根钉子,把半截红烛固定在钉子上。待到夜幕降临时,轻轻捧起灯罩,"嚓"地点燃蜡烛,敛声屏气地落下灯罩,你提着这盏灯就觉得无限风光了。

父亲给我做这盏灯总要花上很多工夫。就说做灯罩，他总要捡回五六个瓶子才能做成一个。不是把瓶子全炸碎了，就是瓶子安然无恙地保持原状，再不就是炸成功了，一看却是一只猪肉罐头瓶子，怎么擦都浑浊，只好弃了。

尽管如此，除夕夜父亲总能让我提上一盏称心如意的灯。没有月亮的除夕里，这盏灯就是月亮了。我怀揣着一盒火柴提着灯走东家串西家，每到一家都将灯吹灭，听人家夸几句这灯看着有多好，然后再心满意足地擦根火柴点燃灯去另一家。每每转回到家里时，蜡烛烧得只剩下一汪油了。

那时父亲会笑吟吟地问："把那些光全折腾没了吧？"

"全给丢在路上了。"我说，"剩下最亮的光赶紧提回家来了。"

"还真顾家啊。"父亲打趣着我去看那盏灯。那汪蜡烛油上斜着一束蓬勃芬芳的光，的确是亮丽之极。

将死的光芒总是灿烂夺目的。

过年要让家里里外外都是光明。所以不仅我手中有灯,院子里也是有灯的。院子中的灯有高有低。高高在上的灯是红灯,它被挂在灯笼杆的顶端,灯笼穗长长的,风一吹,唰唰响。低处的灯是冰灯,冰灯放在窗台上,放在大门口的木墩上,冰灯能照亮它周围的一些景色,所以除夕夜藏猫猫要离冰灯远远的。无论是高出屋脊的红灯还是安闲地坐在低处的冰灯,都让人觉得温暖。但不管它们多么动人,也不如父亲送给我的灯美丽。

因为有了年,就觉得日子是有盼头的。而因为有了父亲,年也就显得有声有色;而如果又有了父亲送我的灯,年则妖娆迷人了。

年一过去后,新衣服就脱下来了,灯也收了,院子里黑漆漆的,那时候我就会望着窗外的雪花发怔,心想:原来一年之中只有几天好日子啊。人为了那几天充满光明的好日子,就要整整辛苦一年。唉。

我一年年地长大了,父亲不再送灯给我,我已经不是那个提着灯串来串去的小孩子了。我开始在灯下想心事。但每逢除夕,院子里照例要在高处挂起红灯,在低处摆上冰灯。

然而父亲没能走到老年就去世了。父亲去世的当年我们没有点灯。别人家的院子灯火辉煌,我们家却黑漆漆的。我坐在暗处想:点灯的时候父亲还不回来,看来他是迷了路了。我多想提着父亲送我的灯到路上接他回来啊。爸爸,回家的路这么难找啊?

从此之后虽然照例要过年,但是我再也没有接受灯的那种福气了。

㊸ 故乡龙口：不在高原，在路上 / 张炜

我出生在山东龙口，整个童年时代，就在龙口海边的林子里度过。我小时候的龙口，和今天的龙口似乎不是同一个地方了。儿时熟悉的乡亲，大部分都不在了，和我同龄的小孩子，长大后都到外面闯世界。几经变迁，物不是，人亦非。

农村空了，把农村扒掉，集中起来盖楼。中国文化生生不息的根基就在乡村，保存传统的愿望最强烈也在乡村，现在村子没有了，人都到外面去住。我回到龙口最伤感的是，农村正在远去，人们离开了，不再养猫、狗，也不再养猪和牛羊，连田野的秸秆还要储藏起来。各种农具，多少年不用的东西，包括老一辈人用的纺织机，都堆放在仓库里。这些留下来的东西当然不算文物，却是触手可及的文化。为什么好多人到了城里能安心地住在高楼上，因为他偶尔会想起，老家还有一个房子，那是留存记忆的地方。老家的房子如果没了，城里头那个

人也会没了底气，没了根。

龙口人祖祖辈辈还在做的一件事，就是命名。我们对方言都怀有深切的感情，一个东西在本地叫这个名字，在外地就不叫这个。命名的方式，就是文化生长的方式。

比如向日葵，在龙口叫"转莲"，因为向日葵像莲花一样，又能随着太阳转动。我们吃向日葵瓜子，说吃了"转莲子"，很美。

龙口人说某个东西颜色很白，发音是"敲白"。一件东西好不好，龙口人会问你："奚好？"这都是古汉语的说法，在龙口至今保留下来。更典型的是，你如果问一个龙口人，能不能做某件事，他会回答"能矣"。

这样的语言让我心醉神迷。命名的规则还体现在地名上，铺开龙口的地图，你会看到每个地名都有故事。有个地方叫"撇羊"，几乎可以肯定，当年有过一只羊被忘在那儿了,被撇下了,所以叫"撇羊"。还有"灯影"、"妙果",这些名字慢慢都会消失。村子搬走了,盖上了楼,原来那个地方也许还叫"妙果",不久也会换上更现代化的名字。或者名字留下来,原来的村民搬去新的地方,他们还会说自己是"妙果人"吗?

这是精神上的痛苦,你可以说物质丰富了,但是人们更加寂寞。那么物质上他们没有痛苦吗?土地被占了,空气和水都遭到了污染,现在去哪里找几条干净的河流?他们的电视和冰箱来得并不容易,几乎是用健康作为代价换来的。

所以我还是会想念那些行走的日子,想念茂密的丛林。我也许不在高原,我在路上。

❹❹ 故乡情／陆文夫

按照我们家乡的习俗，孩子生下来之后要把胎盘埋在家前屋后的泥土里，这土地便称作衣胞之地。不管这孩子在这块土地上生活多久，这衣胞之地就算是他的故乡。

我的故乡不是苏州，虽然我在苏州已经生活了五十多年。可我的衣胞之地却是长江边上的一个小小的村庄，那村庄叫作四圩，属于江苏省的泰兴县。

用现在的眼光来看，当年的故乡是个很偏僻，很贫困的地方，因为村庄上的人大多是移民，是到这块新开垦的土地上来求发展的。我的祖父便是从江南的武进县迁徙到江北的泰兴来的。

我们的村庄排列得很整齐，宅基高于平地，那是用开挖两条小河的泥土堆集起来的。所以我家的前后都是河，屋前的一条大些，屋后的一条小点。这前后的两条小河把村庄上的家家户户连在一起。家家户户的门前是晒场，门后有竹园，

两旁是菜地,围着竹篱笆,主要是防鸡,鸡进了菜园破坏性是很大的。童年时,祖母交给我的任务就是拿着一根竹竿坐在门口看鸡。小河、竹园、菜地、鸡,这就是农家的副食品基地。小河里有鱼虾、茭白、菱藕;竹园里有竹笋、蘑菇。菜园子里的菜四季不断,除掉冬天之外,常备的是韭菜,杜甫在赠卫八处士的诗中就写过"夜雨剪春韭,新炊间黄粱",可见韭菜可备不时之需,何况春天的韭菜味极美。

那时候,我们家里来了客人也都是韭菜炒鸡蛋,再加上一些豆腐、卜页、鱼虾之类。农民很少有肉吃,当年的农村里有一个形容词,叫"比吃肉还要快活!"是形容快活到了极顶。可见吃肉是很快活的,不像现在有些人把吃肉当作痛苦。

农民要买肉需要到几里外的小街上去,买豆腐和卜页却不必,村庄上有人专门做豆腐,挑着担子串乡,只要站在门口喊一声,卖豆腐的便会从田埂上走来做买卖,可以给钱,

也可以用黄豆换。在当年的农村里，打铁、撑船、磨豆腐是三样最苦的活儿。当然，种田也是苦的，只有手艺人最好，活儿轻，又有活钱。所谓手艺人就是木匠、皮匠（绱鞋）、裁缝、笆匠。笆匠是一种当地特有的职业，他们是专门做芦笆墙，和铺草屋顶的。多种手艺之中，以裁缝为上乘，裁缝坐在家里飞针走线，衣冠整洁，不晒太阳，最受姑娘嫂子们的欢迎，其中的原因之一是裁缝们大多会偷布，套裁一点零头布带回家，送给姑娘嫂子们做鞋面。有本事的裁缝远走上海和香港，他们回家过年时，讨鞋面布的人简直是门庭若市，因为在上海和香港能够偷到好料子，全毛华达呢，藏青毛毕叽，呢绒、法兰绒之类。在当年的农村里，如果能用全毛华达呢做一双鞋送给相好的，那比现在的意大利皮鞋还要高贵。

乡俗

乡味

故乡的野菜 / 周作人

我的故乡不止一个,我住过的地方都是故乡。故乡对于我并没有什么特别的情分,只因钓于斯游于斯的关系,朝夕会面,遂成相识,正如乡村里的邻舍一样,虽然不是亲属,别后有时也要想念到他。我在浙东住过十几年,南京东京都住过六年,这都是我的故乡;现在住在北京,于是北京就成了我的故乡。

日前我的妻往西单市场买菜回来,说起有荠菜在那里卖着,我便想起浙东的事来。荠菜是浙东人春天常吃的野菜,乡间不必说,就是城里只要有后园的人家都可以随时采食,妇女小儿各拿一把剪刀一只"苗篮",蹲在地上搜寻,是一种有趣味的游戏的工作。那时小孩子们唱着:"荠菜马兰头,姊姊嫁在后门头。"后来马兰头有乡人拿来进城售卖了,但荠菜还是一种野菜,须得自家去采。关于荠菜向来颇有风雅的传说,不过这似乎以吴地为主。《西湖游览志》云:"三月三日男女皆戴荠菜花。谚云:三春戴荠花,桃李羞繁华。"顾禄的《清嘉录》上亦说:

"荠菜花俗呼野菜花,因谚有三月三蚂蚁上灶山之语,三日人家皆以野菜花置灶陉上,以厌虫蚁。侵晨村童叫卖不绝。或妇女簪髻上以祈清目,俗号眼亮花。"但浙东人却不很理会这些事情,只是挑来做菜或炒年糕吃罢了。

黄花麦果通称鼠曲草,系菊科植物,叶小微圆互生,表面有白毛,花黄色,簇生梢头。春天采嫩叶,捣烂去汁,和粉作糕,称黄花麦果糕。小孩们有歌赞美之云:"黄花麦果韧结结,关得大门自要吃,半块拿弗出,一块自要吃。"

清明前后扫墓时,有些人家——大约是保存古风的人家——用黄花麦果作供,但不作饼状,做成小颗如指顶大,或细条如小指,以五六个作一攒,名曰茧果,不知是什么意思,或因蚕上山时设祭,也用这种食品,故有是称,亦未可知。自从十二三岁时外出不参与外祖家扫墓以后,不复见过茧果,近来住在北京,也不再见黄花麦果的影子了。

扫墓时候所常吃的还有一种野菜,俗名草紫,通称紫云英。农人在收获后,播种田内,用作肥料,是一种很被贱视的植物,但采取嫩茎瀹食,味颇鲜美,似豌豆苗。花紫红色,数十亩接连不断,一片锦绣,如铺着华美的地毯,非常好看,而且花朵状若蝴蝶,又如鸡雏,尤为小孩所喜。间有白色的花,相传可以治痢,很是珍重,但不易得。中国古来没有花环,但紫云英的花球却是小孩常玩的东西,这一层我还替那些小人们欣幸的。浙东扫墓用鼓吹,所以少年们常随了乐音去看"上坟船里的姣姣";没有钱的人家虽没有鼓吹,但是船头上篷窗下总露出些紫云英和杜鹃的花束,这也就是上坟船的确实的证据了。

㊻ 藕与莼菜 / 叶圣陶

同朋友喝酒，嚼着薄片的雪藕，忽然怀念起故乡来了。若在故乡，每当新秋的早晨，门前经过许多乡人：男的紫赤的胳膊和小腿肌肉突起，躯干高大且挺直，使人起健康的感觉；女的往往裹着白地青花的头巾，虽然赤脚，却穿短短的夏布裙，躯干固然不及男的那样高，但是别有一种健康的美的风致；他们各挑着一副担子，盛着鲜嫩的玉色的长节的藕。在产藕的池塘里，在城外曲曲弯弯的小河边，他们把这些藕一再洗濯，所以这样洁白。仿佛他们以为这是供人品味的珍品，这是清晨的画境里的重要题材，倘若涂满污泥，就把人家欣赏的浑凝之感打破了；这是一件罪过的事，他们不愿意担在身上，故而先把它们洗濯得这样洁白，才挑进城里来。他们要稍稍休息的时候，就把竹扁担横在地上，自己坐在上面，随便拣择担里过嫩的"藕枪"或是较老的"藕朴"，大口地嚼着解渴。过路的人就站住了，红衣衫的小姑娘拣一节，白头发的老公公买两支。清淡的甘美的滋味于是普遍于家家户户了。这样情形差不多是平常的日课，直到叶落秋深的时候。

在这里上海，藕这东西几乎是珍品了。大概也是从我们故乡运来的。但是数量不多，自有那些伺候豪华公子硕腹巨贾的帮闲茶房们把大部分抢去了；其余的就要供在较大的水果铺里，位置在金山苹果吕宋香芒之间，专待善价而沽。至于挑着担子在街上叫卖的，也并不是没有，但不是瘦得像乞丐的臂和腿，就是涩得像未熟的柿子，实在无从欣羡。因此，除了仅有的一回，我们今年竟不曾吃过藕。

想起了藕就联想到莼菜。在故乡的春天，几乎天天吃莼菜。莼菜本身没有味道，味道全在于好的汤。但是嫩绿的颜色与丰富的诗意，无味之味真足令人心醉。在每条街旁的小河里，石埠头总歇着一两条没篷的船，满舱盛着莼菜，是从太湖里捞来的。取得这样方便，当然能日餐一碗了。

而在这里上海又不然；非上馆子就难以吃到这东西。我们当然不上馆子，偶然有一两回去叨扰朋友的酒席，恰又不是莼菜上市的时候，所以今年竟不曾吃过。直到最近，伯祥的杭州亲戚来了，送他瓶装的西湖莼菜，他送给我一瓶，我才算也尝了新。

向来不恋故乡的我，想到这里，觉得故乡可爱极了。我自己也不明白，为什么会起这么深浓的情绪？再一思索，实在很浅显：因为在故乡有所恋，而所恋又只在故乡有，就萦系着不能割舍了。譬如亲密的家人在那里，知心的朋友在那里，怎得不恋恋？怎得不怀念？但是仅仅为了爱故乡吗？不是的，不过在故乡的几个人把我们牵系着罢了。若无所牵系，更何所恋念？像我现在，偶然被藕与莼菜所牵系，所以就怀念起故乡来了。

所恋在哪里，哪里就是我们的故乡了。

❹⁷ 故乡的食物（节选）/ 汪曾祺

小时读《板桥家书》："天寒冰冻时暮，穷亲戚朋友到门，先泡一大碗炒米送手中，佐以酱姜一小碟，最是暖老温贫之具。"觉得很亲切。郑板桥是兴化人，我的家乡是高邮，风气相似。这样的感情，是外地人们不易领会的。炒米是各地都有的。但是很多地方都做成了炒米糖。这是很便宜的食品。孩子买了，咯咯地嚼着。四川有"炒米糖开水"，车站码头都有得卖，那是泡着吃的。但四川的炒米糖似也是专业的作坊做的，不像我们那里。我们那里也有炒米糖，像别处一样，切成长方形的一块一块。也有搓成圆球的，叫作"欢喜团"，那也是作坊里做的。但通常所说的炒米，是不加糖黏结的，是"散装"的；而且不是作坊里做出来，是自己家里炒的。

炒米这东西实在说不上有什么好吃。家常预备，不过取其方便。用开水一泡，马上就可以吃。在没有什么东西好吃的时候，泡一碗，可代早晚茶。来了平常的客人，泡一碗，也算是点心。郑板桥说"穷亲戚朋友到门，先泡一大碗炒米送手中"，也是说其省事，比下一碗挂面还要简单。炒米是吃不饱人的。一大碗，其实没有多少东西。我们那里吃泡炒米，一般是抓上一把白糖，如板桥所说"佐以酱姜一小碟"，也有，少。我现在岁数大了，如有人请我吃泡炒米，我倒宁愿来一小碟酱生姜，——最好滴几滴香油，那倒是还有点意思的。

我们那里还有一种可以急就的食品，叫作"焦屑"。糊锅巴磨成碎末，就是焦屑。我们那里，餐餐吃米饭，顿顿有锅巴。把饭铲出来，锅巴用小火烘焦，起出来，卷成一卷，存着。锅巴是不会坏的，不发馊，不长霉。攒够一定的数量，就用一具小石磨磨碎，放起来。焦屑也像炒米一样。用开水冲冲，就能吃了。焦屑调匀后成糊状，有点像北方的炒面，但比炒面爽口。

我们那里的人家预备炒米和焦屑，除了方便，原来还有一层意思,是应急。在不能正常煮饭时,可以用来充饥。这很有点像古代行军用的"糒"。有一年,记不得是哪一年,总之是我还小,还在上小学,党军(国民革命军)和联军(孙传芳的军队)在我们县境内开了仗,很多人都躲进了红十字会。红十字会设在炼阳观,这是一个道士观。我们一家带了一点行李进了炼阳观。祖母指挥着,特别关照,把一坛炒米和一坛焦屑带了去。我对这种打破常规的生活极感兴趣。晚上,爬到吕祖楼上去,看双方军队枪炮的火光在东北面不知什么地方一阵一阵地亮着,觉得有点紧张,也觉得好玩。很多人家住在一起,不能煮饭,这一晚上,我们是冲炒米、泡焦屑度过的。没有床铺,我把几个道士诵经用的蒲团拼起来,在上面睡了一夜。这实在是我小时候度过的一个浪漫主义的夜晚。

48 落花生 / 许地山

我们屋后有半亩隙地。母亲说:"让它荒芜着怪可惜,既然你们那么爱吃花生,就辟来做花生园罢。"我们几姐弟和几个小丫头都很喜欢——买种的买种,动土的动土,灌园的灌园;过不了几个月,居然收获了!

妈妈说:"今晚我们可以做一个收获节,也请你们爹爹来尝尝我们的新花生,如何?"我们都答应了。母亲把花生做成好几样的食品,还吩咐这节期要在园里的茅亭举行。

那晚上的天色不太好,可是爹爹也到来,实在很难得!爹爹说:"你们爱吃花生吗?"

我们都争着答应:"爱!"

"谁能把花生的好处说出来?"

姐姐说:"花生的气味很美。"

哥哥说:"花生可以制油。"

我说:"无论何等人都可以用贱价买它来

吃；都喜欢吃它。这就是它的好处。"

爹爹说："花生的用处固然很多；但有一样是很可贵的。这小小的豆不像那好看的苹果、桃子、石榴，把它们的果实悬在枝上，鲜红嫩绿的颜色，令人一望而发生羡慕之心。它只把果子埋在地底，等到成熟，才容人把它挖出来。你们偶然看见一棵花生瑟缩地长在地上，不能立刻辨出它有没有果实，非得等到你接触它才能知道。"

我们都说："是的。"母亲也点点头。爹爹接下去说："所以你们要像花生，因为它是有用的，不是伟大、好看的东西。"我说："那么，人要做有用的人，不要做伟大、体面的人了。"爹爹说："这是我对于你们的希望。"

我们谈到夜阑才散，所有花生食品虽然没有了，然而父亲的话现在还印在我心版上。

49 花边饺/肖复兴

小时候,包饺子是我家的一桩大事。那时候,家里生活拮据,吃饺子当然只能等到年节。平常的日子,破天荒包上一顿饺子,自然就成了全家的节日。这时候,妈妈威风凛凛,最为得意,一手和面,一手调馅,馅调得又香又绵,面和得软硬适度,最后盆手两净,不沾一星面粉。然后妈妈指挥爸爸、弟弟和我看火的看火、擀皮的擀皮、送皮的送皮,颇似沙场点兵。

一般,妈妈总要包两种馅的饺子,一种肉一种素。这时候,圆圆的盖帘上分两头码上不同馅的饺子,像是两军对弈,隔着楚河汉界。我和弟弟常捣乱,把饺子弄混,但妈妈不生气,用手指捅捅我和弟弟的脑瓜儿说:"来,妈教你们包花边饺!"我和弟弟好奇地看,妈妈将包了的饺子沿儿用手轻轻一捏,捏出一圈穗状的花边,煞是好看,像小姑娘头上戴了一圈花环。我们却不知道妈妈耍了一个小小的花招儿,她把肉馅的饺子都捏上花边,让我和弟

弟连吃惊带玩地吞进肚里,自己和爸爸吃那些素馅的饺子。那些艰苦的岁月,妈妈的花边饺,给了我们难忘的记忆。

我曾拉妈妈到外面的餐馆开开洋荤,她连连摇头:"妈老了,腿脚不利索了,懒得下楼啦!"我曾在菜市场买来新鲜的鱼肉或时令蔬菜,回到家里自己做,妈妈并不那么爱吃,只是尝几口便放下筷子。我便笑妈妈:"您呀,真是享不了福!"后来,我明白了,尽管世上食品名目繁多,人的胃口花样翻新,妈妈雷打不动只爱吃饺子。那是她老人家几十年一贯制历久常新的最佳食谱。我知道唯一的方法是常包饺子。每逢我买回肉馅,妈妈看出要包饺子了,立刻麻利地系上围裙,先去和面,再去打馅,绝对不让别人插手,那精神气儿,又回到我们小时候。那一年大年初二,全家又包饺子。我要给妈妈一个意外的惊喜,因为这一天是她老人家的生日。我包了一个带糖馅的饺子,放进盖帘一圈圈饺子之中,

然后对妈妈说："今儿您要吃着这个带糖馅的饺子,您一准儿是大吉大利!"妈妈连连摇头笑着说："这么一大堆饺子,我哪儿那么巧能有福气吃到?"说着,她亲自把饺子下进锅里。饺子如一尾尾小银鱼在翻滚的水花中上下翻腾,充满生趣。望着妈妈昏花的老眼,我看出来她是想吃到那个糖饺子呢!热腾腾的饺子盛上盘,端上桌,我往妈妈的碟中先拨上三个饺子。第二个饺子妈妈就咬着了糖馅,惊喜地叫了起来:"哟!我真的吃到了!"我说:"要不怎么说您有福气呢?"妈妈的眼睛笑得眯成了一条缝。其实,妈妈的眼睛实在是太昏花了。她不知道我耍了一个小小的花招,用糖馅包了一个有记号的花边饺,那曾是她老人家教我包过的花边饺。

花边饺里浸满浓浓的母爱,如今,我谨以花边饺讨得年迈母亲的快乐和开心。

❺⓿ 渐行渐远的滋味（节选）/李存葆

煎饼，作为山东一种标志性食品，当是齐鲁先民智慧的结晶。在中国食品史上，应有它浓墨重彩的一笔。

食品常常是自然环境的产物。山东吃煎饼的地方，多为山区与丘陵地带。小麦、谷子、玉米、高粱、瓜干，均可作煎饼的原料。五谷的秸秆，秋日的枯草，树下的落叶，皆可以为燃料。煎饼易储放、耐饥饿自不待说；它能促进人的咀嚼肌的发达和牙齿的坚固，也是不争的事实。摊煎饼用的是圆形的鏊子。休看摊煎饼的工具原始且又简单，但最容易的常是最难做好的；最简单的也往往是最复杂的。昔年，在山东以煎饼为主食的地区，姑娘能否摊得一手好煎饼，常是未来婆家考量的重要因素。农妇村姑，若是做煎饼的高手，也会誉满邻里。

摊煎饼前，需将一种主粮用清水泡胀，再用石

磨磨成糊儿。做法有"淋、刮"两种。淋者多为小米、玉米、高粱；刮者常为麦子、瓜干。淋煎饼的糊儿较稀，刮煎饼的糊儿较稠。淋煎饼用的是拇指粗、一拃长的圆木，刮煎饼使的是一月牙状的薄木片。这两者中间，均嵌有20多公分长的细木棍儿。淋时，做煎饼人先用长把勺将稀糊儿扣在鏊子的圆心，手与臂便像飞旋的车轮，于目不交睫间，将稀糊儿摊于整个圆鏊上；俄顷，那大圆煎饼的周边儿便微微翘起了，一张或金灿灿或黄澄澄或红殷殷的煎饼就做成了。刮时，做煎饼人先将一勺稠糊儿扣在鏊中间，便用刮儿旋即刮转，于三四秒内，将一勺稠糊儿均匀地刮在圆鏊上。刮比淋略显从容，但摊煎饼人的手与臂亦需柔中见刚，徐中有疾。摊煎饼火大了不行，火小了不行，火不匀也不行。农妇村姑需脑眼手并用，鏊上鏊下兼顾。一勺复一勺，一张复一张。在烟熏火燎中,待数百张煎饼做成后,摊煎饼人的手与臂,常累得像是抽掉了筋骨。

煎饼有多种吃法,大葱抹酱是最低级的一种。卷上刚腌好的香椿芽或各种腌制菜蔬,吃起来会口角生津;如裹进炒豆腐条儿、炒鸡蛋、香菜梗炒肉丝儿,吃起来会满口流香。如将上好的煎饼撕碎,泡在滚开的猪肉汤、羊肉汤或鱼汤里,会让人吃得舌底咂咂,遍体通泰。

我最喜爱吃的是20年前,那用小麦、小米、玉米做的煎饼。三者之间,我将小麦煎饼排为第一,小米、玉米煎饼,则难分伯仲。家乡日照盛产黄鲫子鱼。那时,用鏊子将黄鲫子鱼煎熟,就着麦子煎饼吃,我觉得是天下最美的食物。在我味蕾的记忆里,这滋味时隐时现,至今仍挥之不去。

51 乡里旧闻·度春荒（节选）/孙犁

我的家乡，邻近一条大河，树木很少，经常旱涝不收。在我幼年时，每年春季，粮食很缺，普通人家都要吃野菜树叶。

春天，最早出土的，是一种名叫老鸹锦的野菜，孩子们带着一把小刀，提着小篮，成群结队到野外去，寻觅剜取像铜钱大小的这种野菜的幼苗。

这种野菜，回家用开水一泼，掺上糠面蒸食，很有韧性。

与此同时出土的是苣苣菜，就是那种有很白嫩的根，带一点苦味的野菜。但是这种菜，不能当粮食吃。

以后，田野里的生机多了，野菜的品种，也就多了。有黄须菜，有扫帚苗，都可以吃。春天的麦苗，也可以救急，这是要到人家地里去偷来。

到树叶发芽，孩子们就脱光了脚，在手心吐些唾沫，上到树上去。榆叶和榆钱，是最好的菜。柳芽也很好。在大荒之年，我吃过杨花。就是大叶杨春天抽出的那种穗子一样的花。这种东西，是不得已而吃之，并且很费事，要用水浸好几遍，再上锅蒸，味道是很难闻的。

在春天，田野里跑着无数的孩子们，是为饥饿驱使,也为新的生机驱使,他们漫天漫野地跑着,寻视着,欢笑并打闹,追赶和竞争。

春风吹来,大地苏醒,河水解冻,万物孳生,土地是松软的,把孩子们的脚埋进去,他们仍然欢乐地跑着,并不感到跋涉。

清晨,还有露水,还有霜雪,小手冻得通红,但不久,太阳出来,就感到很暖和,男孩子们都脱去了上衣。

为衣食奔波,而不大感到愁苦,只有童年。

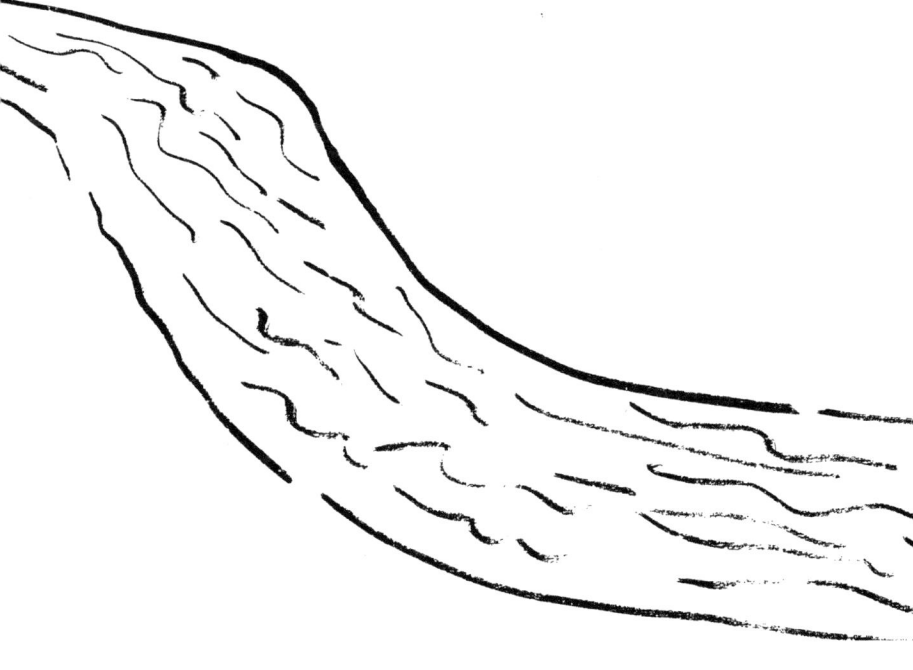

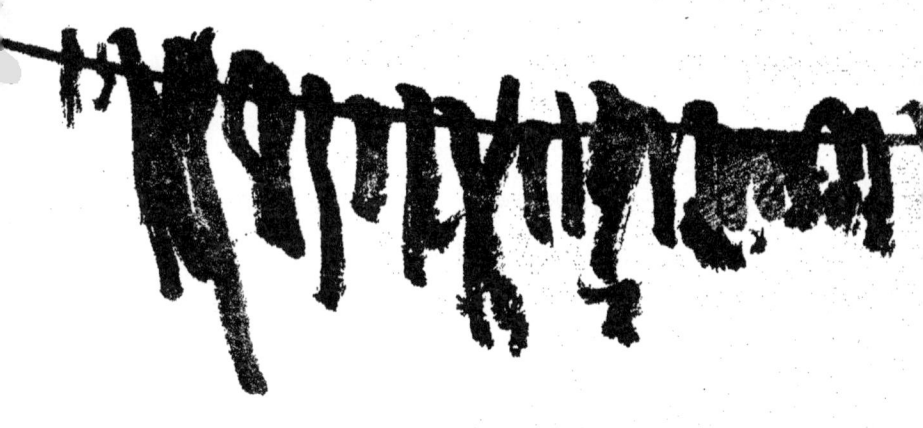

52　故乡的吃食（节选）/ 迟子建

北方人好吃，但吃得不像南方人那么讲究和精致，菜品味重色黯，所以真正能上得了席面的很少。不过寻常百姓家也是不需要什么席面的，所以那些家常菜一直是我们的最爱。

如果不年不节的，平素大家吃的都很简单。由于故乡地处苦寒之地，冬季漫长，寸草不生，所以吃不到新鲜的绿色蔬菜。我们食用的，都是晚秋时储藏在地窖里的菜：土豆、萝卜、白菜、胡萝卜、大头菜、倭瓜，当然还有腌制的酸菜和夏季时晒的干菜，比如豆角干、西葫芦干、茄子干等等。人们喜欢吃炖菜，冬天的菜尤其适合炖。将一大盆连汤带菜的热气腾腾的炖菜捧上桌，寒冷都被赶走了三分。人们喜欢把主食泡在炖菜中，比如玉米饼和高

粱米饭,一经炖菜的浸润,有如酒经过了岁月的洗礼,滋味格外醇厚。而到了夏季,炖菜就被蘸酱菜和炒菜代替了。园田中有各色碧绿的新鲜蔬菜,菠菜呀黄瓜呀青葱呀生菜呀等等,都适宜生着蘸酱吃;而芹菜、辣椒等等则可爆炒,这个季节的主食就不像冬天似的以干为主了,这时候人们喜欢喝粥,云豆大碴子粥、高粱米粥以及小米绿豆粥是此时餐桌的主宰。

家常便饭到了节日时,就像毛手毛脚的短工,被打发了,节日自有节日的吃食。

一年中最大最隆重的节日莫过于春节了。我们那里一进腊月,女人们就开始忙年了。她们会每天发上一块大面团,花样翻新地蒸年干粮,什么馒头、

豆包、糖三角、花卷、枣山，蒸好了就放到外面冻上，然后收到空面袋里，堆置在仓房，正月时随吃随取。除了蒸年干粮，腊月还要宰猪。宰猪就是男人们的事情了。谁家宰猪，那天就是谁家的节日。餐桌上少不了要有蒜泥血肠、大骨棒炖干豆角、酸菜白肉等令人胃口大开的菜。

  人们一年的忙活，最终都聚集在除夕的那顿年夜饭了。除了必须要包饺子之外，家家都要做上一桌的荤菜，少则六个，多则十二、十八个，看到盘子挨着盘子，碗挨着碗，灯影下大人们脸上的表情就是平和的了。他们很知足地看着我们，就像一只羊喂饱了它的羊羔，满面温存。我们争着吃饺子，有时会被大人们悄悄包到饺子里的硬币给硌了牙，当我们"当啷"一声将硬币吐到桌子上时，我们就长了一岁。

本书所涉部分作品版权由中国文字著作权协会代理。

电话：010-65978905
传真：010-65978905 转 888
邮箱：wenzhuxie@126.com

图书在版编目（CIP）数据

记忆乡愁 / 朱自清等著；中央人民广播电台编.
北京：人民日报出版社，2015.12
ISBN 978-7-5115-3506-1

Ⅰ.①记… Ⅱ.①朱… ②中… Ⅲ.①散文集–中国–现代
②散文集–中国–当代 Ⅳ.① I266

中国版本图书馆 CIP 数据核字（2015）第 314104 号

书　　名：	记忆乡愁
作　　者：	朱自清　郁达夫等
出 版 人：	董　伟
责任编辑：	谢广灼
装帧设计：	秦志超
出版发行：	人民日报出版社
社　　址：	北京金台西路 2 号
邮政编码：	100733
发行热线：	（010）65369509　65369527　65369846　65363528
邮购热线：	（010）65369530　65363527
编辑热线：	（010）65369533
网　　址：	www.peopledailypress.com
经　　销：	新华书店
印　　刷：	北京朝阳印刷厂
开　　本：	880mm×1230mm　　1/32
字　　数：	156 千字
印　　张：	5.75
印　　次：	2016 年 2 月第 1 版　2016 年 2 月第 1 次印刷
书　　号：	ISBN 978-7-5115-3506-1
定　　价：	29.00 元

《记忆乡愁》是中央人民广播电台中国乡村之声策划推出的经典声音产品。隽永的文字由朗诵名家演绎后，更加引发了人们对故乡的无限眷恋和美好回忆。此次，中国乡村之声联合人民日报出版社对该系列产品进行再创作，为读者献上了这本可以读、可以听的典藏版图书。您用手机扫书内二维码，即可欣赏到中央人民广播电台著名播音员的精彩诵读。

声音产品策划及编辑制作人员

总监制：史敏
总策划：刘智力
统筹：靳雷
策划：田娜 汪群均 张磊
音频制作：曹畅 路菲
新媒体编辑：夏恩博 乔萍莉 白晨 刘思思